奪寶殺機

Q版特工 32

梁科慶

Q版特工32　**奪寶殺機**
作者／梁科慶
總編輯／黃幗坤
策劃編輯／周淑屏
美術設計／劉碧雲
插圖／鄺志傑
出版發行／突破出版社
香港沙田亞公角山路33號突破青年村
電話：2632 0000　傳真：2632 0388
電郵：breakthrough@breakthrough.org.hk
網址：http://www.breakthrough.org.hk
http://www.btproduct.com
承印／陽光印刷製本廠
2014年7月初版1刷

Ah Wing, the Secret Agent 32: The Dangerous Treasure Island
by Leung For-hing
First Printing, First Edition, July 2014

Printed in Hong Kong
ISBN 978-988-8246-27-4

本書經文取自《新標點和合本》，版權為香港聖經公會所有，承蒙允准採用，特此鳴謝。

誠邀閣下就突破出版社的書籍發表意見

歡迎加入突破書籍 Facebook page — http://www.facebook.com/btbooks.page

本書採用環保油墨印刷

本書封面設計加入 3D 特別效果

成長文學

目錄

序 / 徐振邦 6

序章 / 梁科慶 10

I 瓶中信的奧祕 16

一封二戰時期日本軍人寫的「瓶中信」，
令人墮進迷陣之中……

II 神祕日軍基地 54

神祕人擄走阿Wing的生死之交高山刑警，
要脅他找出位於離島的神祕日軍基地，
阿Wing如何應付？

III 孿生姊妹之爭 88

孿生姊妹，一個溫純善良，一個輕佻不羈，
他們的出現，令原本已十分迷離的情節迭
生變數。

IV 孤島奪寶殺機 130

一個神祕的日本女人、
一個狡詐的日本特工、
一個患精神病的女孩……
孤島上爭奪寶藏的危機乍現，
殺機一觸即發！

序

徐振邦

2014年3月，我收到科慶的WhatsApp，表示傳了一份名為Q32的文件給我。原來，就在這一刻，我已捲入了阿Wing的故事……

我認識了阿Wing很久，確實年份已不記得，大概是在「極度任務」發生的那一年。

認識十多年，我們不常見面，是因為大家都忙。阿Wing是特工，要處理各種不同的任務，忙得不可開交；而我，除了日常的教學工作外，還要攀山涉水、東奔西跑、捐窿捐罅，想走遍香港每個旮旯，目的就是為香港留下一些記錄。雖然如此，我們每年總會抽時見面一次。

每次見面，我們都無所不談，只有一樣是不談的，就是工作。本來阿Wing的身分特殊，若由他親口道出所遇到的經歷，一定較閱讀「Q版特工」精彩得多。可惜，我不想捲入與阿Wing有關的案件，我還是避開與他工作有關的事。這點，阿Wing是明白的。

那一年，是2008年，我一時大意，竟然在筆記簿裏留下了我與阿Wing見面的痕跡。後來，這篇筆記被人發現，還在《The Q-Files》被揭露了。筆記內容沒有什麼機密，但被其他人知道我認識阿Wing，也清楚知道阿Wing的特工身分；於是，我被盯上了。

被盯上的後果，就是我要粉墨登場，走進特工世界。我在《Q32》出場的次數不多，所穿插的幾個場景，只是談談香港的歷史文化而已，當中沒有遇上驚險的場面，也沒有流血、打鬥、屍體等；而在破案的關鍵上，我……

* * *

在文字世界裏，我被寫入小說，與阿Wing合作，是科慶的新嘗試。科慶將我的香港歷史文化經驗搬入故事情節，未知能否與「Q版特工」擦出火花，但總算讓年輕讀者認識多一點香港歷史文化知識，是一件好事。

在現實世界裏，我與科慶曾有不少在寫作上的交流。除了在他的《The Q-Files》內寫過一篇文章外，我還在他另一本故事系列《奪寶世界盃》（2003年）寫過序；而科慶也為我的《翻箱倒籠香港地》（2004年）賜序。至於一起搞文化活動、參與評審工作等，可算是多不勝數。我們合作多年，在文字上的交流還是次要，最重要的，是可以共同為推廣青少年的閱讀和寫作而努力，這些都是難得又難忘的經驗。

今次我能在「Q版特工」裏出現，實在感到榮幸。「Q版特工」系列獲得多次十本好書的獎項，在2013年更獲得香港中文文學雙年獎的兒童及少年文學雙年獎的殊榮，實在是可喜可賀。不過，在我看來，「Q版特工」的榮譽不僅如此；科慶能在長達十多年的創作生涯裏，出版了32本同系列的著作，早已成為了香港的文化名牌。雖然我沒有統計數據支持，但我估計：雖然未必每個中小學生都看過「Q版特工」，但幾乎可以肯定，沒有人不知道「Q版特工」這個書系。科慶有這樣的成就，是他努力創作的成果。下次我要與青少年分享香港的閱讀文化時，似乎「Q版特工」是不可缺少的內容。

最後，套用我在《The Q-Files》最後一句話：祝賀「Q版特工」風行十年、十年、十年、再十年。

2014年3月24日

序章

梁科慶

看看腕錶，下班了。其實，這種工作，沒所謂上、下班時間，要下班，隨時都可以，看錶只是一種無意識的反射動作。

拉開抽屜，把桌面的東西「嘩啦」的統統掃進去，我喜歡桌面空無一物。關上抽屜，把右拇指放在桌緣的掃描器上，抽屜「嗶」的自動上鎖。其實，這種保安系統，象徵意義多於實際作用，就我所知，在這裏工作的人，至少有二十七種方法「非法」打開我這個抽屜。當然，正常的人不會冒被我敲穿腦袋的險，打我的辦公桌主意。

不過，在這裏，不正常的人多的是，第一個是我的上司M。

M經常吹無定向風，應出現時他失蹤，應消失時他阻塞交通，天天無所事事，不務正業。我經過他的辦公室，門掩上，外面掛着他的自畫像，這代表他外出「公幹」。M倒有點藝術天分，自畫像有七成俏似，尤其傻瓜一樣的笑容。

有這樣的上司，便有這樣的祕書，M的花瓶祕書Ada就是個典型例子。舉凡打字、翻譯、電話應對、文書紀錄、檔案整理等祕書實務，Ada一概不懂，她最常見的「工作」是化妝以及搭訕。現在，在茶水間外面，她扯着阿莫不放。阿莫從前是個黑客，入侵電腦系統的技術高超，有次我把他逮住，賞識他的才華，便引薦他加入我們的團隊，讓他的技能在正途上發揮。阿莫是個年輕「宅男」，若要在電腦與女人之間作出選擇，他會毫不考慮地挑選前者。Ada連阿莫也不放過，簡直飢不擇食。

Ada本來喜歡我，但當我與R發展「地下情」後，Ada大概在我身上嗅到危險的「費洛蒙」，漸漸打消對我的非分之想。女人的直覺不由我不佩服，尤其是Ada的。Ada最怕R，R是另一組的主管，與M平起平坐，作風硬朗，對人不假辭色，對我當然例外。因壓力關係，R曾患抑鬱症，經我開導，病況已大大好轉，然而，我對前度女友真生的念念不忘，始終是一個R難以解開的心結。

真生因救人染上HIV病毒，又因救我而中毒身亡。真生對我，不離不棄，至死不渝，我怎能貪新忘舊呢？

R這個心結不知何年何日方能解開？

此時，嘉薰醫生與阿漆在前面的路口連袂走過，我知道他們相約去看在家養傷的露絲。露絲與阿漆是另一對「地下情」戀人，他們的祕密只有我與R知道。阿漆是我的小學同學，又是同門師兄弟，我們一同成長，合作無間，彼此之間沒有祕密。嘉薰醫生是我們的醫學顧問，當年未能救活真生，他一直引以為憾，現在治療露絲，他自然加一把勁。

快到停車場，阿Ken捧着一大袋零食迎面而來，跟我點頭招呼。看樣子，他剛從超市「掃貨」回來。他從前擁有一個倒轉三角的身形，健碩程度可媲美R的組員泰臣，可惜，阿Ken後來自暴自棄，一天到晚吃吃吃，弄成如今這副「等腰三角形」的癡肥模樣，反應緩慢，體能下降，若非M的容忍力高，早已把他踢走。

說起來，M的人情味也高，對下屬從沒「炒魷」，只有挽留，例如神槍北燕，她結婚生子後，母性大發，寧做師奶，不做特工，M破例給北燕一份兼職合約，讓她間中客串一下。北燕是個電視迷，最愛「煲劇」，幾年前，只挑「出差」日本的工作，後來「韓潮」爆發，為了有機會到韓國追「星星」，不管什麼任務，與韓國有關的，她總要參與，M照樣批准。

來到停車場出入口，只見高文穿上「美國隊長」的服裝，手持圓盾，站在閘口把守。高文在特工基地裏的職位是什麼，相信沒人曉得，也沒人管他。他天天像參加化妝舞會一般，奇妝異服，古靈精怪地出現，有時當信差，有時掃地，有時當接線生，是另一個吹無定向風的「同事」。

總之，在這裏，不正常的人多的是。在別人眼中，也許我是其中之一。

I
瓶中信的奧祕
一封二戰時期日本軍人寫的「瓶中信」，
令人墮進迷陣之中……

1

「阿Wing，等我一下。」

「電腦小子」阿莫從後叫住我。我剛推開通往停車場的防煙門，聽見阿莫呼喚，便停下腳步，回頭問：「幹什麼？想坐順風車嗎？」

「對呀。」阿莫揹着草綠色的Nikko背包，氣呼呼的跑過來。

「不用趕，我等你，小心跌跤。」

「我趕時間呢！」阿莫跑到我跟前，滿頭大汗，「都是Ada不好，下班時候，纏着我說三道四，囉囉唆唆。」

「你趕着去哪？」我一臉疑惑地瞧着阿莫，他平日寸步不離電腦室，今天罕有的外出，竟還趕時間。

「走吧！」阿莫反而扯我的衣袖，用肩頭推開防煙門，「我要去旺角。」

被他扯進停車場後，我掏出車匙，按鍵「嗶」的遙距開啟車門，打趣道：「我還以為你趕往深水埗，選購電腦零件。去旺角，不是買運動鞋吧？」

「不是買運動鞋。」阿莫跳進副駕駛座，「嘭」的關上車門，依稀聽到他說：「我去看電影……」

我也坐進駕駛座，挖挖耳孔，確保外耳道沒阻塞，聽力沒問題，多問一句：「你說，去看電影？」

「開車吧，快開場啦，沒時間了。」

「我記得你說過，看電影是一項浪費時間、浪費金錢的活動。」我發動引擎，把BMW駛出停車場，「即使要看，也留在家中上網下載……」

「踩油，加速。」阿莫不住看錶，他的心思顯然全都飛往旺角，沒把我的話聽進意念裏。

我依言踩油，轉頭掃他一眼，他今天跟平日有點不同，有什麼不同？我雙眼看着前方路面，腦筋一轉，隨即歸納出：他刮淨下巴的鬚根，梳直頭髮，沒穿涼鞋，改穿一雙乾淨的運動鞋，沒穿皺巴巴的舊T恤，換過一件新恤衫，新的程度，是現出一條條清晰的摺紋，分明是一件剛從被撕開的包裝袋拿出來的新恤衫。

「哈！」我恍然大悟。

一心一意想着旺角的阿莫，給我突如其來的高叫嚇了一跳，回過神來，按着胸口埋怨道：「你無端端喊什麼？人嚇人，無藥醫。」

「阿莫，你跟女孩子約會，是也不是？」

「是又怎樣？不是又怎樣？」思維從來只有0與1的阿莫，這趟竟模棱兩可的忸怩起來。

「宅男談戀愛，Woo！奇聞！那位宅男女神是什麼人？你們交往多久？如何相識？不是在網上聊天室吧？你們今天第一次見面？老友，要留神啊！對方在虛擬世界中是個美少女，在現實世界中可能是個邋遢大胖子……」

「夠啦！」阿莫瞪着我，「阿Wing，你的嘴巴乾淨些，我不准你侮辱詠芝。」

「哦！原來她叫詠芝……」

「事情不是你所想的。」阿莫托一下眼鏡，表情甜絲絲的，以回憶的口吻說道：「詠芝是個小學教師，我們上月在表姨婆的壽宴裏認識，她是表姨丈那邊的親戚，剛巧坐在我身邊。她很美，很溫柔。我們越談越投契，她打算更換一台合意的電腦，又不熟悉行情，我便替她出主意，問明她的要求，用最好的硬件、最合適的軟件，第二天為她裝嵌新電腦，送到她家中。之後，我們開始約會。」

「能夠令宅男離開電腦室，這位女教師果然不凡。」我減速拐彎，把BMW切入慢線，「到旺角了，你在何處下車？」

「前面，朗豪坊正門。」

「Okay。」

「她就在那裏。唉！我遲到了，真尷尬。」

「誰人是詠芝？那穿白裙子的女孩？」

「對。她美不美？」

嘩！不得了！短髮杏臉，皮膚白皙，清秀可人。詠芝看見車上的阿莫，菱角似的小嘴巴嫣然一笑，臉上露出兩彎酒渦，一對水汪汪的明眸，滴瀝溜轉，順便瞧我一眼，秋波展開，不管心扉多重多厚，給她一剪即開。好一個「宅男女神」！難怪阿莫跌入這個「愛情網羅」，直墜而下，不能自拔。

才把車停定，一秒都不能多等的阿莫已跳出車廂，忘了跟我說「多謝」、「再見」之類，一逕跑過去，牽着詠芝的手，走進商場裏，沒入那些什麼都搶購的「拖篋一族」之間，不見了，像一雙誤墮俗世凡塵的小天使。

我瞧瞧腕錶，下午五時二十分。今晚，R有行動，已帶領泰臣和S抵達澳門。阿添最近天天如是，工作完畢便留守露絲家中，陪伴從瑞士回來養傷的女友。M神龍見首不見尾，或到青衣島去找二叔公下棋，或在屯門跟畢華流玩大富翁，或往將軍澳看李慧詩踩單車，他人在哪裏，天曉得。新加入特工隊的梁賢，入石崗軍營受訓三星期。又不想找阿Ken，因他總拉我去吃麻辣火鍋，這個天時，開冷氣吃火鍋，極不環保。孤零零一個人，可以做些什麼？一時沒主意，周圍人頭湧湧，廢氣滾滾，還是先逃出旺角，再作打算。我於是剔亮右指揮燈，瞄瞄右側鏡，沒車，待要開行，三個習慣右上左落的「拖篋」婦人盯着對面行車線大搖大擺的從我的車頭橫過馬路。我不得不把車煞停，正想響號警告他們之際……

手提電話的鈴聲響起，是個陌生來電，我按下免提接聽。

「喂，是哪一位？」

「嗨！是阿Wing嗎？」聲音粗魯，似曾相識。

「你是？」

「係，我是高山太郎，和歌山縣的高山刑警呀！」

「高山刑警？」我歪起頭，斜斜的向上望，於高樓大廈之間，仍見光天化日，「北燕說你身中劇毒，唏！原來你尚在人間。」

「我沒死！山中老人把我治好，已完全康復，龍精虎猛。我還來了香港呢！」

「你在哪裏？」

「尖沙咀。」

「我馬上過來，十五分鐘到。」

「好哇，我們痛快地喝幾杯。哈哈……」

（關於高山刑警的故事，請閱「Q版特工」《13鴉殺》、《23地焰劫》）

2

每次跟高山刑警碰面時的尷尬，沒有例外的，再次在尖沙咀發生。我甫進餐廳，視覺尚未適應柔和的燈光，至少半間餐廳的客人和侍應，已知道我叫阿Wing。高山刑警豪邁的打招呼過後，再來一記熊抱式的擁抱，把我箍得呼吸困難。

看見兩個大男人擁在一起，有些女士掩嘴竊笑。

好不容易掙脫高山刑警的臂彎，我趕緊縮進卡位之內，坐在一個年長婦人的對面。

介紹之下，年長婦人是高山刑警的嬸嬸，今年八十六歲，精神奕奕，慈祥有禮。光看樣子，我以為她是六十開外。

高山嬸嬸的亡夫是日本軍人，死於二次大戰。她十八歲守寡，陪伴翁姑避居和歌山，種菜養雞，不問世事。

高山刑警還說，高山嬸嬸當日聽聞丈夫的死訊，大受刺激，即場昏厥，救醒過來後，失去說話能力，變成啞巴，六十幾年來，一直沉默地過活。

「你帶她來香港，為了什麼？」我直截了當，「別跟我說觀光、購物、遊山玩水。」

高山刑警喝下大口啤酒，用舌尖舔舔嘴唇，看一眼高山嬸嬸，便從口袋裏掏出一幅黑白照片、一頁影印，平放在桌面。照片已經發黃，影像對焦不大準確，起碼有五十年歷史，相中人是個扛着步槍的年輕士兵。高山刑警把照片推到我面前，說：「這是我的叔叔，亦即她的亡夫。」

高山嬸嬸向我稍微點頭。

軍人照片沒什麼特別，至於那頁影印就有點古怪。

它的影像也是一幅古舊的黑白照片，照片所拍攝的不是人物，而是一張腐爛破損的字條，用日文書寫。

「這到底是什麼一回事？」我瞅着照片裏的字條，大惑不解。

「這是一頁瓶中信。」高山刑警完全收起笑容。

「瓶中信？」

「藏在瓶子內。」高山刑警用指頭「叮」一聲的彈響桌上的空啤酒瓶，再把餐紙捲成條狀，塞進瓶裏，「用木塞封口，丟進海中，隨水流漂浮到遠方那種。」

我拾起那頁瓶中信的影印本，一股不祥的預感襲上心頭。

高山刑警輕輕搖晃那個啤酒瓶，瓶內的餐紙摩擦瓶壁，發出微細的「沙沙」聲。在「沙沙」聲中，他以低沉的聲線，慢慢道出瓶中信的來歷……

一個裝着日文字條的玻璃瓶子，於 1945 年 8 月 15 日左右開始在香港水域漂浮，大約三個月後，在菲律賓水域，被一個少年漁夫在一網魚蝦之間找到。迷信的漁夫爸爸知道了，命令兒子把瓶子連同字條扔回海裏，因為菲律賓漁民世代相傳，認定從水裏撈上來的信件會帶來噩運。少年卻有不同想法，遵從父命之前，他躲在船尾，偷偷拔去封口的木塞，從瓶子裏取出字條，拿相機拍了照片。到漁船靠岸，少年把照片沖曬出來。由於他不懂得日文，身邊的親友也沒人懂得日文，便把照片收在抽屜底。日子一天一天過去，照片逐漸在他的腦海裏被淡忘。他長大後，成家立室，遷離老家，照片自此遺在老家睡房的抽屜裏。

幾十年後，老父去世，他與兒子執拾老家，清理雜物，無意中發現照片。他的兒子在蘇碧灣當酒保，認識一個懂日文的美國海軍陸戰隊員，便把照片交給對方研究。不久那士兵休假，攜着照片的影印本返回家鄉阿肯色州，送給一位專門研究二次大戰的歷史系教授。非常湊巧的，高山家族其中一個孫女是那教授的研究助理，她看見照片後，二話不說，把影印本再複製一份，寄回家鄉。

照片中的瓶中信，由於腐爛破損，可以辨認的字句是：

我領部屬運□密件□□份，黃金□□□，紙幣二十億□□□□，遇敵，不敵，□匿□□洞基地十五□□，□十二天，糧水□絕，驚聞天皇投降，痛□不□偷生，一同切腹殉國。

村口正男絕筆

照和二十年八月十五日

「村口正男？」我一再細讀文字，「寫字條的人姓村口，跟你們姓高山的，有什麼關係？」

「村口正男是我的叔叔的長官。1944年12月6日，他們的隊伍從菲律賓抵達香港。」高山刑警看着高山嬸嬸，「軍方雖然宣稱叔叔陣亡，但從沒找到遺體。根據瓶中信的內容，我們相信叔叔追隨村口長官，藏匿香港某處基地，和他一同切腹殉國。」

「有黃金，還有紙幣，二十億即使全是日圓，折算港元，也有一億五千萬，是個寶藏噢！」

「不，阿Wing，你誤會了。嬸嬸她一心尋回亡夫的骸骨，帶返和歌山安葬，這可以了卻老寡婦離世前的惟一心願。」

高山嬸嬸朝我深深鞠躬。

「我們明白，日軍當年把苦難、傷害帶來中國，帶來香港，我們深感抱歉。」高山刑警也鞠躬，「將來，即使找到任何財寶，我們一文不取，全數捐給香港公益金。微薄的補償，算是一點心意，我們只希望尋回叔叔的骸骨。」

「你們想我幫忙？」

「是。」

我連忙還他們兩個鞠躬，拱手道：「高山兄，我明白一代有一代的冤仇，你是我的朋友，你們來香港，我請你們吃飯、遊覽海洋公園，沒問題。但，要我幫忙尋找曾經侵佔香港的日軍遺骸，我過不了自己的底線，恕難從命，萬二分抱歉。」

「哎！感謝你的坦白，我不敢勉強。」高山刑警無奈地拍拍大腿，「嬸嬸，我們惟有自己努力吧！」

高山嬸嬸皺起眉頭，扺起嘴巴，點頭同意，她臉上深長的皺紋顯得更深更長。

3

別過高山刑警和高山嬸嬸，獨自走在尖沙咀海濱長廊，舒一口氣。八時正，「幻彩詠香江」準時上演。一束束深綠色的激光首先從對岸中環的國際金融中心、交易廣場、長江中心、怡和大廈等地標高廈射出，象徵大地慢慢甦醒，開始第一幕「旭日初升」。緊接下來的是繽紛的彩光和明亮的探射燈，交織閃爍，璨然耀目，配以悅耳的音響效果，遊人紛紛駐足觀賞。

1941年，英軍司令部也在中環。

大廈天台的探射燈，令我想起半夜的空襲。

1941年12月12日，日軍佔領九龍半島後，尖沙咀海傍便是其中一個向香港島發炮的陣地，據聞，中環的皇后像廣場終日硝煙瀰漫，建築物沒一棟完整，灣仔發生大火，火勢久久不滅。我身後的半島酒店被日軍徵用為「軍政廳行政總部」，當時日軍的最高統帥叫酒井隆，官拜中將，在半島酒店坐鎮，籌劃如何掠奪民產、如何殲滅活躍於西貢一帶的游擊隊、如何減少香港人口以方便管治……

這段歷史，香港的年輕新一代，知道的恐怕不多，而年長的香港人，尤其捱過三年零八個月日佔時期的，看見近年日本政客擴張軍力、把釣魚台「國有化」、參拜靖國神社等行徑，或會擔心日本軍國主義復辟。

其實，以現今日本的國力，如何能戰？

日本出生率持續下降，人口老化，加上日圓貶值、政府嚴重財赤，當年的盛世一去不返。以往業績驕人的家庭電器、訊息產業，已被南韓、台灣、中國迎頭趕上。且看我們的智能手機，常用的品牌有iPhone、

LG、Samsung等，都不是日本貨，隨着智能手機的日漸流行，各種影音、通訊電子產品步向沒落，日本企業只剩汽車支撐大局。

日本右翼政客大搞小動作，無非為了爭取選民，撈其政治本錢，要跟中國開戰，他們憑什麼？

日本的靠山美國，並不可靠。中國是美國最大的債權國，跑到地球的另一邊殺掉債主，只是七歲美國小孩的幼稚說話，美國政府就連出兵敘利亞也諸多顧忌，怎會為支持日本爭奪釣魚台，毫無遠見的跟「大國崛起」的中國決裂？

所以，日本政客的小丑把戲，我一向嗤之以鼻。

「這兒有空位呀！老公，快來，快來！」一雙大陸男女強行擠進欄杆前的位置，硬生生的把一對中年日本夫婦逼開。

說句公道話，日本人也有很多優點，單單排隊守秩序一項，中國人一輩子也學不來。

細看之下，眼前發生的，不單止無禮插隊那麼簡單，原來是集團式扒竊。

那一擠一逼的混亂，日本夫婦被身前的男女分散了注意力，因而忽略身後，另一個大陸男人趁機扒去日本男人的錢包，轉身交給接應的大陸男人。

海濱長廊的人全神貫注於頭頂的激光幻影，根本沒人察覺到扒手的活動，當然除了我。

捉賊拿贓，我趕緊跟上扒手4號。他把錢包收進手上的旅行袋裏，若無其事的步離現場。

身後，日本夫婦高喊「警察」。

扒手4號走下行人隧道。路人較少，我一躍而下，落在他身旁，一手按住他的肩頭，在他耳邊低聲警告：「識相的，乖乖自首，交出贓物，免受皮肉之苦。」

「你胡說什麼？」扒手4號疑惑地打量我。

「敬酒不喝，喝罰酒。」

「你是警察？香港警察最守規矩，講文明，講法治，不用私刑。」

「我不是警察。」

「媽的！你少管閒事。」他撥開我的手，「快滾開，否則老子揍你一頓……」

他的「頓」字才吐出半個音節，我已一招「上步七星」瞬間攻敵，貼身發招，連發七招，一氣貫注，短距寸勁，穿透經脈，左胸、右腕、前額、後腦、頸側、小腹、大腿，各中我一掌。

我肯定他今後若打算扒竊時必定記起今晚的痛楚。我有言在先，他不理警告，便要吃吃苦頭，若非我手下留情，他已半身癱瘓。

一分二十七秒後，我解下扒手 4 號的腰帶反縛他的雙手，撕爛他半隻衣袖塞進他的嘴巴裏，再提起那個裝了二十多個錢包的旅行袋，掛在他的頸上，把他押返地面。

外面，正播放悠揚的中樂，空中的「幻彩」以寓意吉祥的紅色和金色為主調。這是第三幕「繼往開來」。

警察已到場，截住扒手 3 號查問，奈何在他身上找不到物證，明知他可疑卻拿他沒辦法。

「我看這位朋友衣着光鮮，挺有錢的，不似是賊。」扒手1號在旁邊議論，「警察先生，你別聽信日本人亂說，好人當賊扮。」

「警察辦事，你少囉嗦，請你退開。」

「這位大姐說得有理，我帶着大疊人民幣來港消費，振興香港經濟，何需偷這些日本窮光蛋的錢包？」扒手3號振振有詞。

扒手1號退開，扒手2號跟圍觀者搭訕：「凡事講道理嘛，說不定那日本男人自己弄丟了錢包，反過來冤枉我們華人。日本仔素來無事生非，當官的霸佔我們的釣魚台，旅遊的誣蔑華人是扒手。」

幾個圍觀的大叔登時滿眼怨氣，不住指手畫腳，越說越動氣。

「日本仔」畢竟是老一輩香港人的心靈創傷。

扒手2號成功挑起民族仇恨。

在民憤還未進一步擴大之前，我立刻將扒手4號推過去，嚷道：「警察先生，罪證贓物在此。他們是同黨，可以一併拘捕。」

扒手3號看見勢頭不妙，轉身欲逃，已被警察一手揪住。扒手1號和2號也想溜，我一個箭步閃過去，右腳踢出，踢斷扒手1號的高跟鞋鞋跟，接着左肩靠碰，使出五成內力，扒手2號即像一架失控的遙控模型飛機，飛越眾人頭頂，在第五幕「普天同慶」萬花筒一般的旋動燈光之中，「啪通」一聲，跌進維多利亞港，水花四濺，為「幻彩詠香江」增添一項姿勢難看、沒甚難度的「跳水表演」。

後面，扒手1號重重的栽了一跤，臉青膝破的跌坐地上，被一個趕來增援的女警拘捕。

日本夫婦想向我鞠躬致謝，警察想找我落口供，圍觀者想向我投以欣賞的目光，但我早已敏捷地躲到文化中心草坪的巨大雕塑後面，走在太空館的巨大陰影底下，迅速離開海傍，來無蹤，去無跡，不留半個身影。

4

晚上，坐在陽台上，靜看夜空。

月亮好圓。

回家後，與R說了一通電話，她正忙着，談了幾句，便匆匆掛線，沒機會跟她說高山刑警的事。改給北燕電話，她為兒子的默書不及格而勞氣，跟我說一句，罵兒子兩句，電話背景傳來小孩啼哭，我也不好意思打擾，匆匆掛線。

放低電話，呷口濃普洱，安靜下來，又想起高山刑警。

高山刑警與我稱得上生死之交，我們在和歌山合力破案，在鹿兒島一同出生入死，在情在義，他有求於我，不管他求什麼，水裏水，火裏火，兩脅插刀，我都不應拒絕。然而，他偏偏求我幫忙尋找一具日軍骸骨！

個人來說，那個日軍雖跟我無怨無仇，但對方有份攻佔香港，有份殺傷香港同胞。民族大義，慘痛的歷史，豈能忘卻！我憶及詩人林庚白，他在 1941年 12月

18日寫了這首詩：

屋角廊深入陣雲，
筲箕灣口黑煙新。
迴天誰恤勞民劫，
守土猶煩遠道軍。

日夕岑樓聞決戰，
東西海岸看同焚。
街頭賣報嘩和議，
片紙宣傳詭所云。

林庚白是福建人，畢業於北京大學，曾任大學教授、眾議院及國會的祕書長。九龍半島淪陷時，林庚白住在金巴利道月仙樓。由於他是國民政府的立法委員，成為日軍的搜捕對象。林庚白帶着妻兒，打扮成鄉下人逃亡，在天文台道被日軍截查時，慘遭射殺。

類似的血案，數不勝數，一部香港淪陷史，字字皆血淚。

然而，高山刑警年過半百，高山嬸嬸年近一百，一個是縣城警察，一個是山野老嫗，在香港人生路不熟，簡單如乘車去新界、搭船去離島，也會出亂子，尋找七十年前一個不知名的日軍基地，沒方向，沒地圖，沒地址，茫無頭緒，要他們往何處尋、到哪裏找？

我思前想後，最終於心不忍。

我長歎一聲，拾起茶几上的智能手機，上網，開啟阿莫精心編寫的「黑客程式」，入侵日本歷史檔案館的資料庫。

有人在露台下的行人道走過，過路者的手機響起，鈴聲是一段「少女時代」唱的韓文歌。韓文歌近年代替了日文歌的地位，成為香港年輕人的寵兒，儘管二者的歌詞，他們都不懂得。

勾不起共鳴的歌曲，他們愛聽什麼？

或許我落伍了。

天上圓月明亮如昨夜。

5

花上一點時間，查到了，資料不多。

村口正男，1910年7月4日出生，京都人氏，農民，二十五歲參軍。1944年調派香港時，擔任特勤兵小隊長，最後的任務是運送「軍需品」。在戰場上失蹤，尋回的機會渺茫，故暫列為「陣亡」。

妻子野田和美，長子村口舞大郎，幼女村口舞次子。妻子與長子死於美軍空襲。

本來一個大好家庭，因戰爭而家破人亡，侵略者同樣要負出沉重的代價。

何必呢？

6

翌日，一覺醒來，依稀做過夢，內容毫無印象，心情仍舊鬱悶，提不起勁。賴了二十分鐘牀，起來，草草梳洗過後，在「大家樂」勉強吃了一份不可口的早餐A，填飽肚子，百無聊賴地回到特工基地。車子才駛進停車場，冷不提防一人忽地從旁閃出，張開雙手，攔住去路，我不得不煞車。

待要破口大罵那個妄顧道路安全的攔路者，看清楚，竟是阿莫。

阿莫的樣子，三分焦急，七分憂慮，十分不妥，我惟有把罵他的話暫時吞回肚子裏。

「阿Wing，請你幫個忙。」他急急繞到副駕駛座，大力拉開車門，一屁股坐進車內。

「發生什麼事？」我交了什麼霉運？這兩天，不停有人請我幫忙。

「送我到機場，我們邊說邊走。」

「好吧，反正今天沒要緊的任務。」我鬆開煞車掣，輕踏油門，扭動方向盤，把車子開出停車場。

「我告訴你什麼事吧！太巧合了，說出來，你不會相信，讓我整理一下，太複雜了。」阿莫雙手搓臉，一臉為難，「是這樣的。詠芝大清早給我電話，說她本來要去機場接她的孖生姊妹栢芝。你別這樣看我，我今早才知她有個孖生姊妹。」

「嗯哼。」

「詠芝說，栢芝的脾氣向來古怪，今早一聲不吭的從美國飛回來。」

「你現在到機場跟那對姊妹花會合？」

「不是，我代替詠芝去接栢芝。」

「詠芝為什麼不去？她要教書，跑不開？」

「她去了澳門。」

「又是澳門？」我嘀咕。

「今早，天未亮，她突然被校長的電話吵醒。原本當學生交流團的領隊老師半夜害急疾盲腸炎，入院開刀，不能出發，校長臨時請詠芝頂替。那個七天交流團，澳門是第一站，明天他們由珠海進入廣東省，終站是廣東北部的河源。換句話說，詠芝不在香港足足七天。她託我照顧栢芝七天，陪她四處觀光⋯⋯購物⋯⋯遊山⋯⋯玩水！慘！」阿莫一口氣交代完畢，大歎一聲「唉」，之後，如同「當機」一般，坐着發呆，怔怔的瞪着擋風玻璃。

他顯然大受刺激，一時適應不了。

「嗨，你沒事吧？」我攤開手掌，在他眼前左右搖晃。

阿莫只是搖頭，只是呼氣，不再作聲。

我明白的，宅男談戀愛，已是阿莫人生裏的一大突破，他一向不擅交際應對，要照顧一個陌生女孩七天之久，還要觀光購物遊山玩水，實在遠遠超出他的能耐，可是對方是詠芝的姊妹，阿莫無從推託。

穿過長青隧道，轉出青沙公路，駛過青馬大橋，駛過汲水門大橋，駛過大嶼山北公路，阿莫全程「當機」，直至抵達機場，他才「重新啟動」。

他「恢復運作」後的第一個反應，又是重重的一聲「唉」。

我們泊好車子，走進接機大堂。

阿莫的步伐異常沉重。

我愛莫能助，盡快送他到機場，已經仁至義盡。

「人這麼多，哪個是栢芝？」阿莫無助地看左看右。

「她是詠芝的孖生姊妹，樣貌應當酷似詠芝，不難找的……」我停下來，盯着牆角的長椅。如果，她換上一襲白裙子，把頭髮剪短，我一定以為她是詠芝。

「她……」阿莫循我的視線望過去，登時目瞪口呆。不知他是驚訝於她的樣貌，還是驚訝於她的裝扮？

一頭長長的染金直髮，頭頂架着一副復古的圓形墨鏡，濃妝艷抹，口中嚼着香口膠之類，身穿米白色的小背心，黑色的貼身牛仔褲，左右褲管各有一個破洞，露出一雙膝蓋，挨坐長椅上，光着腳，雙腿上擱着一個綴滿補丁的大背囊，手裏拿着一本書。見我們走近，抬頭問：「你們誰是阿莫？」

「我…… 是……」

「Let's move！」栢芝雙腿一擺，輕盈地站起身，穿上椅前的磨沙皮平底帆船鞋，披上身旁的洗水藍牛仔短外套，把書塞給我，把香口膠吐進廢紙箱裏，逕自踱向大堂出入口，遺下大背囊，飄過一陣Chloé香水的木蘭淡香。

阿莫別無選擇，惟有俯身替她挽起背囊。

我瞧瞧那本書，是也斯的詩集《帶一枚苦瓜旅行》。

原來是個文藝少女，失覺，失敬。

阿莫把栢芝的背囊揹在肩上，像沒靈魂的喪屍一般，不知為了什麼，只是跟在她身後。

7

走出停車場。

「Hey, what's your name？」

「我叫阿Wing，是阿莫的同事。」

「Which car？」

「嗶——」

「BMW，嘩！nice！I enjoy speeding！你的駕駛技術應該不成問題吧？」

「問題並不出在我身上，警察最近加班捉拿超速車輛。」

「掃興……」栢芝從頭頂取下墨鏡，開門，坐進副駕駛座。

阿莫把大背囊扛進行李廂後，爬上後座，坐定，機械式的扣好安全帶。

栢芝回身笑着問：「阿莫，你沒話跟我說麼？」

「我…… 沒…… 不…… 詠芝…… 不…… 栢芝。」阿莫語無倫次，不知所措。

「我真要好好了解一下，詠芝到底喜歡你什麼？」栢芝咬着墨鏡的臂架，「No problem, we have time. Seven days，足夠時間了解一個人。」

「你跟詠芝，誰是姊姊？」我跳上駕駛座，發動引擎。栢芝跟詠芝長得一模一樣，帶笑時，臉上露出兩彎酒窩的弧度亦一樣。

「She is my elder sister，先我一秒鐘出生。Mum said，出生時，我抓住詠芝的腳跟，像《聖經》裏的雅各抓住以掃。」栢芝又回望阿莫一眼，「同樣喜歡爭奪屬於the elder one的東西。」

阿莫一臉窘態，完全接不上口。

我把《帶一枚苦瓜旅行》還給她，驅車離開機場，為了轉換話題，隨口問一句：「你喜歡也斯的詩？」

「喜歡不喜歡，有關係嗎？」她聳聳肩，「人人都低頭看iPhone、iPad，惟獨我閱讀紙本印刷的詩集，與別不同。《帶一枚苦瓜旅行》，title蠻有趣，下機後，在book store買的。」

「也斯是香港其中一位重要的詩人，他的詩值得一讀。」

「等候你們的時候，我認真地讀了幾首詩，每隻字我都懂得，但加在一起，組成句子，就一句都不懂了，例如這首……〈鴛鴦〉……」栢芝輕咳兩聲，清清喉頭，正經八百地朗讀：

五種不同的茶葉沖出了
香濃的奶茶，用布袋
或傳說中的絲襪溫柔包容混雜
沖水倒進另一個茶壺，經歷時間的長短
影響了茶味的濃淡，這分寸
還能掌握得好嗎？若果把奶茶
混進另一杯咖啡？那濃烈的飲料
可會壓倒性的，抹殺了對方？
還是保留另外一種味道：街頭的大牌檔
從日常的爐灶上累積情理與世故

混和了日常的八卦與通達，勤奮又帶點

散漫的……那些說不清楚的味道

唸完詩，她安靜地闔上詩集，瞧我一眼，再瞧後面的阿莫一眼，以眼神詢問「你們懂嗎？」

阿莫搖搖頭，他只理解電腦程式，詩對他來說，恍如「火星文」。

我說道：「這首詩，鴛鴦，旨趣是混雜。」

「什麼是混雜？」她瞪大眼睛。

「Hybridity, cultural hybridity.」

「噢！ Hybridity, I know.」

「香港華洋雜處，是個多元文化的社會，不同的文化混在一起，互相撞擊，經常擦出新火花，例如咖啡混奶茶，成為一種獨特的地道飲品。」

「原來如此，我明白了，舉一反三，菠蘿油、冰皮月餅、沙嗲牛肉炒烏冬、英文粵曲、王家衞＋杜可風、Q版特工＋嘉薰醫生crossover。」

「聰明，例子正確。」

「還有，你那種一句中文、一句英文的說話方式。」阿莫忽地搶白，意想不到。

車廂內，頓然沉寂起來，氣氛尷尬。

同一條公路，同一輛汽車，回程時多了一個古怪透頂的女孩。今天，真古怪！

「阿莫，你聽清楚，我要跟你打賭。」栢芝似笑非笑的，「日落之前，我不再說一句英文。輸的一方，為另一方做一件事。」

「栢芝，語言習慣，一天半天改不了，留神呀。」我好言相勸。

「阿Wing，你要不要也跟我打賭？」

「免了，你倆閉門一家親，我不牽涉其中。」

「好，」阿莫拿出罕見的勇氣，「一言為定。」

「願賭服輸喔。」栢芝的笑容有點狡猾。我又有一股不祥的預感，但這次是關於阿莫的，我覺得他會輸，雖然栢芝不慎開口說英文的機會極大。

「鈴……」

鈴聲發自我的手機。瞥一眼，又是個陌生來電，希望不是那些游說我借錢清還咭數的「財務顧問」。

我戴上耳機接聽。

「喂！你給我留心聽住！我是東涌⋯⋯下嶺皮村的村長⋯⋯」來電的是位老人家，中氣十足，聲如洪鐘，我的耳膜「嗡嗡」猛顫。

我立即拔掉耳機，改用免提擴音器。

「村長，有何貴幹？」

「我這兒有個日本女人，我不懂她說什麼？她給我你的電話號碼，又在我的報紙上寫了四個漢字⋯⋯」

「她寫什麼？」我猜想村長所說的，是高山嬸嬸。如果是她，高山刑警幹什麼不在她身邊？

「高──山──危──險──」

我把車駛進路旁的緊急避車處，「軋」的煞停。

「村長，還有沒有一個日本胖子在附近？」

「沒有！只有一個日本女人。」

「你們的位置在哪裏？」

「東涌下嶺皮村，村口士多。」

「我馬上過來，十五分鐘內到達。」

「快些來呀！」

村長掛線。

「不如……」我看前看後，「我把你們送到欣澳站，讓你們轉乘港鐵……」

「不必了，我有的是時間，而你卻答應那位村長十五分鐘內趕到士多。你的朋友看來有危險，救人如救火，開車吧，不要婆媽。」栢芝的分析甚有道理，而且沒夾雜一個英文字，不由我不對她另眼相看。

「好，坐穩。」主意既定，我連忙轉檔加速，驅車開進前面的支路，繞個大圈，駛回高速公路對面行車線，望東涌全速飛馳。

「嘩！飆車呀！哈哈，我最愛飆車，真爽！踩油，加油……」

她嗑了迷幻藥嗎？

要命！

II
神祕日軍基地
神祕人擄走阿Wing的
生死之交高山刑警，
要脅他找出位於離島的神祕日軍基地，
阿Wing如何應付？

1

東涌的下嶺皮村，知道的人恐怕不多，若說「東涌炮台」則不同了，即使沒去過的人，也會聽過。

炮台座落下嶺皮村，始建於清嘉慶年間，後來加設六門大炮，炮口對正東涌灣，居高臨下，控制海面，防禦海盜。1898年英國強行租借新界，炮台因日久失修而遭廢棄。日佔時期，因戰略需要，日軍重建炮台。香港重光後，炮台所在地先後用作警署、學校。歷盡百年滄桑，見證時代變遷，炮台如今殘存曲尺形的圍牆，以及冠上「法定古蹟」的榮譽，供遊人拍攝紀念照，觀賞無敵海景。

顯然，高山刑警和高山嫲嫲來大嶼山不是為了瀏覽古蹟，而是尋找瓶中信所載的神祕日軍基地。

高山刑警的確「做足功課」。

首先，瓶中信投海漂浮，那基地一定臨近海邊。

其次，日佔時期那些位於港九市區的日軍基地、兵營，在日本投降後，隨即由英軍接管，如果村口正男和下屬藏匿其中一處，早已被英軍發現。

第三，根據瓶中信，村口正男和下屬因遇見敵人，才避進那神祕基地，直至日本投降，集體切腹殉國仍不被發現，可見，那基地一定非常隱蔽。

在香港，近海而又隱蔽的地點，首推大大小小的離島。

當年，日軍確曾在離島建立軍事基地。

例如，1945年2月，日本海軍司令部在香港的南丫島建立「震洋特別攻擊隊基地」，由來自九州長崎縣的第三十五震洋隊進駐，有士兵五百五十九人、震洋攻擊艇一百二十八艘。日軍強迫南丫島居民在海岸山邊掘洞藏艇，稱為「神風洞」，事後為了保密，屠殺島民滅口。日軍在每艘震洋攻擊艇的船頭貯藏二百五十公斤炸藥，另裝一台十三毫米口徑的機關槍，以四噸汽車引擎推動。官兵都是死士，進攻時，由兩人操作，自殺式高速撞向敵艦，以小殲大，同歸於盡。死士受訓時，不斷被灌輸為國犧牲是莫大光榮，死後可成為靖國神社的「烈士」，受國民景仰。「神風洞」屬高度軍事機密，沒文件紀錄，當年，即使日軍之中，知情者亦不多。

由此推斷，在日佔時期，香港其餘的離島或曾建立類似的神祕基地。高山刑警由大嶼山開始搜尋，乃明智之舉。

問題是，如今他人在哪裏？怎會丟下高山嬸嬸一人在下嶺皮村？

我們一路風馳電掣的趕到下嶺皮村時，只見高山嬸嬸愁眉苦臉的坐在村口士多的板凳上，雙手捧着一杯清茶，身旁伴着兩個村婦。

老當益壯的村長叉着腰在空地上踱來踱去，一見我們，便嚷道：「她一個人由東涌灣走上來，失魂落魄的，又不懂講話，我還以為她是偷渡客呢！」

「真的沒其他人跟她一起？」

「沒有！只得她一人，我沒騙你！」

高山嬸嬸看見我，跑過來，焦急地不斷做重複的手勢。

「我不明白你的手勢。」我好生為難，「高山刑警在哪裏？」

「唔，嬸嬸說，兩個開汽車的男人把他擄去。」栢芝出其不意地插口。

「嗄？你？」我和阿莫都大吃一驚。

「本小姐懂得手語。」栢芝用拇指神氣地擦擦鼻子，「詠芝沒告訴你們嗎？」

「真好，快，問她，那兩個男人的樣貌特徵、開什麼汽車、車牌號碼……」

「沒禮貌！『請』也沒一聲。」

「請。」我低聲下氣，好男不與女鬥。

栢芝轉身跟高山嬸嬸用手語溝通一番後，回答道：「那兩個男人都戴上口罩和鴨舌帽，嬸嬸認不出他們的樣貌。至於車輛，是米白色的豐田客貨車，車牌她忘了。」

線索少得可憐。

「喂！要不要報警？」熱心的村長問。

「啊，不用了，我會處理，我認識警界的朋友。」

「如果要我作證，儘管找我！」

「謝謝，村長，我們告辭了。」我匆匆與村長道別，免得他跑去報警。

阿莫和栢芝扶着高山嬸嬸登上我的BMW。

「我有一事不明白。」阿莫拉開車門，「那兩個男人為什麼放過高山嬸嬸？」

「問得好。」栢芝把高山嬸嬸安置在後座，再以手語詢問。

高山嬸嬸用掌心拍一下額角，似是責怪自己沒記性。她從衣袋裏掏出一張字條，栢芝瞄一眼字條，把它轉交給我。上面寫着：「欲救高山，找出村口切腹之處。」字體拙劣，像幼稚園學生的生字練習。留字條的人，無非為掩飾筆蹟，故意寫成這個模樣。

「嬸嬸說，是其中一個男人給她的，之後，他們推高山刑警上車，開車離去，並沒為難她。」

「那，走吧！我們先離開這裏。阿莫，待會你在東涌站轉乘的士送栢芝回家。」我啟動引擎，把車子駛離下嶺皮村。

「不！我要跟着你們。」

「這事與你無關。」阿莫道。

「有關的，有關的，沒我，你們不能與嬸嬸溝通。說不定嬸嬸突然記起些什麼，又沒法子讓你們知曉。」

「好吧。」我想了想，答應讓她參與。因為終究是私事，高山刑警給什麼人擄走還不知道，現階段，不方便把高山嬸嬸帶返特工基地，也不方便動用特工組織的手語專家。「不過，你要應承我一個條件。」

「我應承。」

「我還未說什麼條件。」

「你說什麼我也應承。」

遇上她，算是我倒楣。我輕歎口氣，道：「待會，你在我家裏乖乖坐定，沒我批准，不能觸碰任可東西。」

「就這麼簡單？容易不過啦！我是個乖女孩，一向循規蹈矩，謹言慎行。」

我與前座的阿莫面面相覷。我掃視倒後鏡，看見她的一頭染金髮、臉上誇張的化妝，不管如何牽強，亦沒法跟「循規蹈矩，謹言慎行」扣在一起。

看來，阿莫比我更倒楣，因為她不是我女朋友的妹妹，過了今天，不再碰面，而阿莫，還要招待她七天呢！

「人不可以貌相……」她盯着車窗外面，自言自語，彷彿明白我在想什麼。

回想起來，她跟阿莫開始打賭後，果然不說一個英文字，難道真箇「人不可以貌相」？

2

回到家裏。

高山嬸嬸又擔憂又睏倦，我帶她到客房休息。阿莫拿我的筆記本電腦坐在客廳的長沙發上工作，只要有電腦在手，處處都一樣。他登入香港運輸署的電腦網絡，翻查大嶼山的交通管制系統，追尋那輛米白色豐田客貨車的蹤跡。栢芝真的恪守承諾，乖乖坐在露台的搖椅上，一面享受午後的日光，一面讀也斯的詩集。我告訴他們雪櫃裏的東西隨便食用，之後便跑往對面街找徐振邦老師。

徐振邦是香港史地專家，新一代掌故王，找人請教香港日佔時期的歷史，他是不二人選。

擄走高山刑警的人，分明也想尋找瓶中信的神祕日軍基地，他們沒本事，才出此下策，以高山刑警的性命逼我出手，找出那地點。

看過瓶中信的人，倒也不少，計有菲律賓漁民父子、美國海軍陸戰隊士兵、阿肯色州的大學歷史教授、高山家的孫女等等，可能還有更多我不知道的。當中誰都有可能覬覦信內提及的財物。

另外，即使我成功找到那處地點，如何通知擄走高山刑警的人？抑或他們自會聯絡我？我可不是徐振邦，就連我自己也毫無把握，「綁匪」怎知我會找到？按理他們應「綁架」徐振邦作嚮導，反而更有作用。

越想越不合理。

合理不合理，已不容我多想，追蹤客貨車的下落交給阿莫去辦，我除了研究如何找出那神祕日軍基地，也想不出其他對策。

一口氣跑到徐家，原來徐振邦仍留在學校裏替學生補課，徐太太正在做家務，一對可愛的小兒子——小龍和小虎在客廳的膠墊上玩摔跤，小弟抓住大哥的腳跟不放。

我道明來意，徐太太提議我到書房找書參考。我老實不客氣，到書房搬了大疊魯金、朱維德、吳昊、謝永光、鄭寶鴻的著作，當然還有徐振邦的，回家慢慢研究。

別過徐太太，離開徐家時，太陽已經西斜。每天這個時間，走到路口，紅日總是降到火焰一般的鳳凰木後面，在枝葉之間透出亮而暖的陽光。風吹過，葉子翻動，陽光閃閃，射在我的身上，時白時暗。二次大戰時，日軍以紅色的「太陽旗」作軍旗，到處侵略，把冷酷和黑暗帶到人間，每處豎起「太陽旗」的地方，例必血流成河。個人認為，日本軍旗上的紅色部分，不是象徵陽光，而是無辜者的鮮血。《聖經》〈箴言〉說，神恨惡的有六樣：高傲的眼、撒謊的舌、流無辜人血的手、圖謀惡計的心、飛跑行惡的腳、吐謊言的假見證。日軍昔日到處作惡殺人，日本政客今日滿口謊言，否認史實，死不悔改，難道他們不害怕報應的嗎？

也許拿書太多，也許感觸太多，稍一分神，差點撞着一個路過的男人，不慎丟了一本魯金的書到地上，那男人好心替我拾回。還有很多書要看，很多事要辦，我道謝一聲，收拾心情，跑回家去。

回到家裏，高山嬸嬸尚未睡醒，阿莫仍然金睛火眼的翻看大嶼山的道路監察系統，栢芝卻不在露台，只剩《帶一枚苦瓜旅行》遺在搖椅之上。

「栢芝在哪？」我問。

「我在廚房裏，煮麪，大家應該肚餓了。」

「謝謝。」我把書放在沙發前的地板上，拍拍阿莫的肩頭，問：「如何？」

阿莫咬牙切齒地說：「我快要忍無可忍了。」

「唏，廁所在那邊，隨便用，不必忍。」

「我說的是，她……」阿莫指一下廚房，「她，簡直是一種褻瀆，我忍受不了！」

「你的用詞會不會過分嚴重？」

「一點都不過分、不嚴重。她的樣子跟詠芝完全一樣，但語言粗魯、舉止失禮、態度輕佻，簡直是一種對詠芝的褻瀆。氣死我了！氣死我了！」

「你們說什麼死呀？」栢芝從廚房端出兩碗麪，熱騰騰、香噴噴的，放在飯桌上。

「沒什麼，阿莫說，他快餓死了。」

「過來吃麪吧，試試我的廚藝。」

「煮公仔麪罷了，可沒廚藝要求……」阿莫咕嚕。

我的確肚餓，走過去，舉筷便吃。唔，好吃，麪不軟不硬，太陽蛋半生半熟，午餐肉略焦略脆，手藝果然不錯，惟一可挑剔的，是湯過鹹。不過，吃麪不喝湯，亦沒損失。

阿莫心裏雖然不爽，但亦覺肚餓，老大不願意的過來吃麪。

「咦，你不吃？」我吃了半碗麪，才察覺栢芝笑盈盈地站在桌旁，雙手互握，雙眼溜溜打轉，看着我們吃麪。

「我不餓，嘻嘻。」她又露出那種狡猾的笑容。

她打什麼鬼主意？我感到有點不妥，一時間又想不出什麼不妥，夾起一箸麪，凝住筷子，湯汁一滴一滴的從麪尖滴回麪碗裏。這湯，鹹以外，隱約還有一點點苦澀，啊！鹹是用來掩飾苦澀，難道她……

「哎呀！」阿莫抛下筷子，雙手按住肚腹。

答案呼之欲出。我第一時間彈起，跳離飯桌，飛出飯廳，竄入走廊，先阿莫一步搶進廁所，一邊關門，一邊高喊：「你用住客會所的公廁吧！」

阿莫在外面拍了兩下門，苦苦哀求道：「我可以用你的浴缸解決……」

「不成！」我狠下心腸，堅決不通融，「趁現在還可以忍住，你趕快去會所吧！」

他知道無望，惟有拖着沉重的步伐蹣跚而去。

不知是否心理作用，隔着門板，我仍依稀聽見栢芝那奸計得逞的「咭咭」笑聲。

可惡！落瀉藥，下三濫，想不到我阿Wing竟栽在你這個臭丫頭的手上。栢芝，你不要逃，我拉完肚子，一定找你算帳！

哎呵── 喲呀──

肚子絞痛……

君……不見黃河之水天上來奔流到海不復回君不見高堂明鏡悲白髮朝如青絲暮成雪……

「叮咚……」

咦，這個時間誰來按我的門鈴？不可能是阿莫，按身體狀況，我未拉完，他也未拉完。會不會是徐振邦？說不定，他放學回家，知道我曾借書參考，多拿些補充資料過來。

「來啦。請等一等。」

混帳！栢芝竟大模斯樣的代我應門，簡直厚顏無恥，不知所謂！

「小姐，你找哪一位？」

小姐？到訪的是女子。

「阿Wing呢？你是什麼人？」

嗄！是R，她從澳門回來了。

「阿Wing不在家，你又是什麼人？」

「R……」我本想大叫，但栢芝竟不知死活，頂撞R，咭咭咭，她要自討苦吃，我無妨「借刀殺人」，要奸，我比她更奸，咭咭咭……

「幹什麼瞪着我不作聲？」栢芝繼續出言冒犯，「我不妨告訴你，我是阿Wing的女朋友，我勸你識趣一點，知難而退，別再來找他……」

「啪──」

有人被摑一記耳光，響亮的。誰摑誰？不用猜囉，哈哈，R間接替我報了仇。痛快呀！痛快！

「嘭——」大門大力關上。

「你別逃…… 你打人…… 我要報警……」

奇怪，R已穩佔上風，無需離去，難道她真的誤會了？糟！要向她解釋，我與栢芝毫無轇轕，免她胡思亂想。我趕緊抹淨屁股，穿回褲子，忍住肚痛，跑出廁所。

栢芝站在門邊發呆，兩眼盈着一泡眼淚，樣子七分驚恐三分生氣，左臉多了一個紅紅的掌印，淒慘之極。R的一巴掌，打得好！我不理會栢芝，直追出門外。只見R靠在鳳凰木之後，打算追過去解釋，她卻暗暗向我打個手勢。我立即會意，停步，循她所指，閃到陳師奶的前院籬笆後面，探頭望向路口，見一人走着，認得是剛才那個替我拾書的男人。R正跟蹤他。

R忽然離去，並非吃醋誤會，而是發覺那人可疑。

我放心了。

R拿起手機。

我的手機在褲袋裹震了一下，收到短訊。我馬上開啟，短訊果然是R傳來的：「遇見阿莫，略知一二。那人在你門外鬼祟徘徊，可疑之極，我跟蹤他。」

「小心。」我按鍵回覆，肚子又痛。

R開步走出大路。

那男人是誰？我從沒見過他，他跟我有什麼過節？他先前與我曾有身體碰撞，他會不會……

我慌忙檢查衣服，沒缺了東西，也沒多了東西。其實，那人稍有異動，也逃不過我的「法眼」，只不過剛在栢芝手上栽了跟頭，信心微跌，檢查一下，以求安心。

3

回到家裏。

再上廁所之前，什麼也不做，只做一件事，把栢芝連她的大背囊一併掃出大門。

高山嬸嬸已經起牀，她在廚房裏淘米，示意為我煮稀粥。民間智慧，拉肚子，吃稀粥，補充水分，不傷腸胃。看來，剛才的肚瀉鬧劇，她在牀上聽得一清二楚，真丟臉！

4

終於，我拉完，阿莫也拉完，他回來，沒說話，召來一輛的士，把坐在門口飲泣的栢芝送往詠芝家。

安樂了，沒有栢芝，天下太平。

吃粥前，先淋個花灑浴，剛脫去上衣，R來電，我在浴室裏接聽。R說，她跟蹤那可疑男人至日本駐港總領事館，那人內進後，再沒現身。我亦一五一十的把瓶中信的事告訴R，瓶中信來自二次大戰的日本軍人，那可疑男人進入日本領事館，我們均覺兩者之間互有牽連。R沉吟片刻，懷疑事件涉及日本外交人員，我們有理由動用特工組織的資源，作深入調查，不過現時仍不適宜把高山嬸嬸接到特工基地，R會安排手語專家前來，替高山嬸嬸落一份詳細的口供。

談完公事，她關切地問：「你的肚子沒事吧？」

「沒事了，放心，肚瀉當作洗腸、排毒。」

「早知栢芝落瀉藥害你，我就重手一些，至少打掉她一顆門牙。」

「你那巴掌打得已夠痛快了！」

「她的確該打。本來我抽出少許時間，到你家坐一會，卻給她破壞了。」

「你今晚沒空嗎？」

「晚一點要跟M他們開會，談北韓。之後，還要為澳門的任務做一些跟進工作，今晚大概要通宵，明早看看有沒有時間……」

「明早，你有時間，也要睡覺。睡眠不足，會起魚尾紋、黑眼圈、大眼袋。」

「算了吧，我已經長期黑眼圈、大眼袋，多幾條、少幾條魚尾紋，沒分別。你不會嫌棄我吧？」

「我愛你。」

「我也愛你。」

儘管受情緒病影響，R的脾氣時好時壞，但她對我始終一心一意，已儘量控制情緒，不向我亂發脾氣。世上沒完美，誰沒缺點？我的壞習慣也多的是，改不了。愛一個人就要愛全部，愛她的優點，包容她的缺點。難得有情人，考慮成家立室的話，R是我的最佳對象。

5

半小時後。

手語專家和徐振邦差不多同時登門，手語專家先按響門鈴。我開門，跟他說，書房與客廳都可以用，他選擇書房，帶了高山嬸嬸進去，關上門。我回頭剛要掩上大門，徐振邦攜着一本厚厚的筆記簿來到。我請他入屋喝杯茶，慢慢談，他說太太準備開飯，在玄關談幾句便回家。他告訴我，我在他家所借的書都不合用，不過類似南丫島「神風洞」的洞穴，在別的離島是有的，他也曾去過，都紀錄在筆記簿裏。他又給我一個電話號碼，可聯絡一位非常熟悉香港水域的漁民根叔，僱他開船載我出海，尋覓那些洞穴。

這個消息實在太有用了，或許這兩天常與日本人交往，耳濡目染，我也給徐振邦一個九十度鞠躬致謝。

我突然行此誇張「大禮」，把他弄得啼笑皆非。

我不敢耽擱他回家享受天倫之樂，接過筆記簿便讓他回家。

送走徐振邦，我急不及待坐在屋前的台階上，翻閱他的筆記簿。記得他有本著作，叫《捐窿捐罅香港地》，書如其人，徐振邦長年累月在香港「捐窿捐罅」，不管我們聽過而未去過的地方，抑或從未聽過的地方，都有他的足跡。有關資料，如位置、交通、掌故、地貌等，在筆記簿裏記載準確。

稍為挑剔的是，字跡潦草，篇章沒系統。當然，這是他的私人筆記，寫的時候根本沒打算給別人參考。

看了一會，首先鎖定香港島南面的蒲台、螺洲、宋崗、橫瀾幾個島嶼，於是進屋裏打電話給根叔。根叔聽見是徐老師的朋友，給我一個七折收費，相約明早九時在赤柱出發。

掛線後，手語專家從書房出來，告知已完成口供，回去整理一下，儘快傳一份副本給我。臨走前，他補充一點，頗也吊詭的，他察覺高山嬸嬸所用的並非正宗手語，估計她長居山區，較少與外界接觸，平日以自創的手勢、表情與家人和鄰舍溝通。由於生活簡單，大家又習以為常，在其生活圈子裏，她的「手語」全沒問題。可是，來到這個陌生地方，她的「手語」就不大「靈光」了。手語專家初時也感費解，「談」多了，加上經驗，他才猜到她的意思。

我立即想起栢芝，她自稱懂得手語，我假設她是，但她的技巧、經驗和能力，一定及不上手語專家，她跟高山嬸嬸的手語溝通卻毫無隔閡。到底，什麼葫蘆賣什麼藥？

看看掛牆鐘，快九時了。

阿莫送栢芝返回詠芝的家，已有一段長時間。阿莫沒來電或給我WhatsApp，可能瀉了一場，手軟腳軟，自行回家休息，也可能惱我不肯開門讓他進浴缸解決，賭氣不與我聯絡。

不管他了。

我伸個懶腰，在客廳做幾下壓腿、旋肩、轉腰，鬆弛筋骨，再到廚房燒開水，沏一壺香片，加幾片乾的茉莉花瓣。

高山嬸嬸洗乾淨煲、碗、湯匙，向我做一個睡覺的手勢，鞠個躬便退回客房裏去。她的「手語」簡單、易懂，相處了半天，我也掌握了一些竅門。山區居民習慣早睡早起，但願她明早不會五時不到就把我吵醒。

我倒滿一大杯清香的茉莉香片茶，拿到飯桌，呷一口，繼續閱讀徐振邦的筆記，依然集中於離島地區。

香港三面環海，有人的、無人的島嶼，星羅棋佈。日佔時期，日軍對香港島及九龍半島擁有絕對的控制權，新界及離島則不然，抗日游擊隊一直活躍。其中，東江縱隊在西貢一帶經常偷襲日軍，最令日軍頭痛。

至於大嶼山，由於遠離市區，幅員廣闊，山嶺險峻，則為大嶼山中隊的重要據點。日軍多次在大嶼山清剿，都不成功。他們找不到游擊隊員，便捉拿居民泄憤，在銀礦灣拷問居民。未能及時逃到山上的居民，遭日軍綁起審問，男的虐打，女的凌辱，死了不少人。戰後，盟軍在香港執行的乙、丙級戰犯審訊，把大嶼山屠殺列為第一號案件，共起訴日本軍官十五人，結果四人被判死刑，其餘的被判五至十年徒刑。

那個年頭，除了日軍，有分欺凌香港人的，還有日本僱用的朝鮮兵、台灣兵，以及走狗漢奸、山賊、海盜。總之，那三年零八個月，實為香港史上最黑暗的歲月。手無寸鐵的老百姓，任人魚肉，求助無門。真箇寧為太平犬，莫作亂世人。

徐振邦在筆記裏還提到，銀礦灣從前出產銀礦，後因藏量和產量日少，久已停產，空有銀礦之名，並無銀礦之實。

「有名無實」的地方，香港多的是，我想起潘國靈的詩〈城市浪得虛名〉其中三段：

這個城市
有多少浪得虛名、名不副實
譬如說——
戲院里沒有戲院
銀幕街沒有銀幕
書局街沒有書局
日、月、星街看不見日月星
你還會到娛樂巷尋找娛樂嗎？

又譬如說——
模範村未必是模範
愛秩序灣未必愛秩序
快富街上有拾荒者撿拾紙皮
七姊妹道真的有七姊妹嗎？

呵── 累了。

筆記太厚，眼皮太重，歷史太沉重，教我不得不暫時放下。

小睡十五分鐘，再努力。

我爬到客廳的長沙發上，躺下，拿咕臣作枕頭。習習涼風從露台吹進來，很舒暢。閉目稍歇……

這一歇不知過了多久，以為只是十五分鐘，實際時間比十五分鐘長許多許多倍……

「啪……」

飯廳有東西墮地，還有輕輕一聲忽然停止移步的「軋」，還有一聲閉氣前的微弱呼吸。

我一驚乍醒。

肯定不是高山嬸嬸，她半夜起牀上廁所，不必如此鬼祟。

睜眼一看，路燈光芒入戶，一個戴着「桃太郎」面具的人，站在飯桌前，正拿起徐振邦的筆記簿。

「小賊！」我一拍沙發，借力彈起，挺腰撲去，一招

「蒼鷹搏兔」直取那人的面門，縱然擊他不中，也取下他的面具，看看他是何方神聖。

快要擊中之際，他鎮定地把筆記簿夾在腋下，兩掌於胸前一合，做個手訣，「卜」的化作一團青煙。移形換位，眨眼間，以同一姿勢，站在露台前面。

東瀛忍術！

我一擊落空，着地時，左腳踢跌我的案頭鬧鐘，幾乎滑倒。連忙使個「金雞獨立」，左腳單足穩住下盤，卻不待招式使老，右腳跨個小跳步，使出「燕子抄水」，右手順勢向下一抄，把地上的鬧鐘當作暗器反手擲向露台。

東瀛忍術無非掩眼法，故弄玄虛。中國功夫博大精深，也有虛招實招，我不信國術鬥不過忍術。

「暗器」打出，我後接一招「大鵬展翅」，旋身分腿跳越沙發和茶几，望忍者的上三路攻去，雙掌向外一分，掌力籠罩左右兩側，不讓他移左挪右，只剩露台一條退路。果然青煙又起，我也不管他將在何處現形，就是一招「白鶴亮翅」，一往無前的攻出露台。不出所料，他在露台中央現身，鬧鐘飛至，他低頭避過鬧鐘，卻避不過我的當頭劈掌。他不得不出手，硬接我一招。哈！我的「白鶴亮翅」只是虛招，以其人之道還治其人之身，「白鶴」中途變成「孤雁」，一記「孤雁南飛」從一個出奇不意的方位，搶入中路，結結實實在他的下巴勾中一拳。他仰臉後跌，跌出露台，面具飛脫，筆記簿脫手。

我還有話要盤問他，所以手下留情，沒打脫他的牙骹。

就是這記手下留情，他傷得不重，還有能力在空中斜拋出一束繩鉤，鉤住燈柱，借力盪向路口逃走。燈光之下，認得是R跟蹤至日本領事館的男人。

「休想逃！」我縱身飛出露台，雙掌齊發，「訇」的印在燈柱之上。燈柱經不起我雄渾的掌力，劇烈搖晃，致使繩鉤鬆脫，他自空中連人帶繩一併摔下。

我雙手抱胸，站在燈柱旁邊，評估一秒鐘後他摔傷多少節脊骨。

豈料，忍者倒有點真功夫，臨危不亂，凌空打個前空翻雙足着地，再接前滾翻，卸去大部分衝力。

不能讓他溜掉，我急追上前。忍者頭也不回，左手滾出兩顆圓彈，狀若煲老火湯用的「羅漢果」，右手擲出另一束繩鉤，鉤住鳳凰木的主幹。圓彈在我腳前「嚦嚦」的冒出紫煙，迎面襲來，不知有毒無毒，我不敢大意，急急閉氣躍開。忍者趁機握緊繩鉤，雙足一蹬，朝着鳳凰木的樹頂盪去。

我俯身在陳師奶的園圃裏撿起一把鵝卵石，雙手「彈指神通」，連珠炮發。石子穿過紫煙，「劈劈啪啪」的打在鳳凰木之上。

紫煙冒得快，散也快。看鳳凰木時，紅花綠葉斷枝飄飄掉下，人已不在樹上。

最終還是給他逃脫，真不值！

我拾起徐振邦的筆記簿，再拾起我的爛鬧鐘。

剛才，忍者偷進屋內，如果走近我，我一定醒覺，相信他什麼也沒作，只貼牆繞過客廳，不動聲息的，直接取走飯桌上的筆記簿。他顯然為筆記簿而來，他怎知徐振邦的筆記簿在我家裏？徐振邦給我筆記簿時，忍者應在日本領事館內，R說他曾在我的門外鬼祟徘徊，莫非──

我跑到屋前，仔細檢查，果然在大門的門楣上找到一枚竊聽器。我認得竊聽器的款式和型號，屬日本國防部的高科技產品，貼在這個位置，雖隔着大門，玄關至客廳仍屬收錄範圍。徐振邦過來找我時，與我在玄關談了一會，亦沒關門，那忍者自然聽見我們談及筆記簿。

精通東瀛忍術、自由進出日本領事館、使用日本國防部器材，不消說，他是日本特工。

似乎，他也是衝着瓶中信而來，為要追查村口正男的切腹地點，因此強搶筆記簿，希望借助筆記簿的資料，找出那日軍基地。

他就是擄走高山刑警的人？

我思前想後，答案是「不是」。

因為，「綁匪」以高山刑警的性命脅迫我找出那地點，現階段，綁匪不會阻礙我追尋線索，所以，該是兩批不同的人馬。

他們的目的，肯定不是為了那兒的死人骨頭。

到底，那兒有些什麼？

帶着滿腦子疑問的回到家裏，高山嬸嬸站在客廳，也是一臉迷茫。我以手勢告知她，壞人給我打跑了，又問她拿瓶中信再看一遍。

她點頭表示明白，跑回客房，從外衣袋裏取出瓶中信的複印本交給我。

我把信攤開在燈下細讀，很快從斷斷續續的內文，總結出三種惹人爭奪的東西：

1. 大量鈔票。

2. 數量不知的黃金。

3. 不知名的密件。

至少三分二是錢財，密件也可能與錢財有關。我所知有限，忍者和綁匪看來知道底蘊，才不惜一切爭奪。

人性貪財，千古不變。規模小的，打家劫舍，謀財害命；規模大的，攻城掠地，侵奪資源。想不到，幾十年前幾個日本士兵切腹之處，今天引來兩路人馬虎視眈眈，難怪《聖經》〈提摩太前書〉有句名言：「貪財是萬惡之根。」

我抬頭瞧着坐在對面的高山嬸嬸，四目相接，她也許靦腆，低頭迴避我的目光。眼前這個山野老嫗，遠道而來，會不會只為尋回先人骸骨那麼簡單？

III 孿生姊妹之爭
孿生姊妹，
一個溫純善良，
一個輕佻不羈，
他們的出現，
令原本已十分迷離的情節迭生變數。

1

螺洲島的面積不足兩平方公里，是蒲台羣島其中一個較北的小島，附近海牀低於海平面六十六米，屬香港最深的水域，香港政府把此處闢作「爆炸品傾倒區」，舉凡未爆的炸彈都運來螺洲棄置。

螺洲島上山坡平坦，岩層表面風化裂紋縱橫交錯，想像力豐富的人，聯想到格子狀的棋盤，故有仙人在此對弈的傳說，也有人融匯蒲台島的地勢，以及摩崖石刻的特色，作出四句打油詩：「螺洲一盤棋，蒲台一張被，若知其碑祕，寶藏全屬你。」

然而，這些神異的故事，沒法淡化歷史慘案。日佔時期，香港「總督」磯谷廉介為了方便管治，把香港的人口上限設定為六十萬，實施人口疏散政策「強迫歸鄉」，對象為難民和基層市民，方法有三：

1. 自費疏散，個人自費或同鄉會資助旅費。

2. 慫恿疏散，日軍向難民提供旅費，安排他們由陸路返回廣東省。

3. 強制疏散，俗稱「捉乞兒」，日軍憲兵在街上隨意捉拿難民，押上船隻，載送出海，把他們棄置在偏遠的離島上，任其自生自滅。

螺洲島便是其中一個「棄置點」。我昨晚在朱維德的《香港掌故 2》讀到，螺洲島上有個「白骨坑」。朱維德在八十年代登島，目睹坑內白骨纍纍，如此慘案，聞者心酸，見者怵目。

我們此行，無需登島，也不是遊山玩水，根叔是了解的，所以他駕船繞島而行，帶領我們視察崖岸上的大小海穴。

我們？

不錯，高山嬸嬸堅持同行，登船前，還服食了「暈浪丸」。她八十多歲高齡，上船下船，步履穩健，坐在船上，風吹浪搖，依然坐得端端正正。日本「盛產」人瑞，過百歲的，仍健健康康，精精神神，看來，她大有潛質成為另一個典型。

穿過「東頭大洞」後，根叔減慢船速，朗聲對我們說：「就我所知，這一帶的洞穴，差不多都是這些了。」

我失望地答道：「並非我想找的。」

「我們西貢那邊，亦有許多。另外，大嶼山也有，有大的，有小的，還有一些已塌陷的，例如，在東涌灣，從前聽我老爹說，有個比東頭大洞還要大的，不過後來塌了，我沒見過，咦，嬸嬸，你有話要說……」

我轉頭看看坐在左舷的高山嬸嬸，她指指自己的頭。

「頭暈嗎？進船艙裏躺一會吧，不要留在船邊吹風。」根叔關掉引擎。

我便扶高山嬸嬸慢慢走進艙裏，順便搭一下她的腕脈，脈象平和，受點風寒，應該不礙事。

「既然嬸嬸不舒服，我們回航吧！你們決定往哪兒，再打電話給我。」根叔重啟引擎，馬達聲隆隆大作。他今天特意開一艘快船，一般的渡輪由赤柱到蒲台，航程逾一小時，我們今早只花了四十分鐘。

「嬸嬸沒事吧？」根叔問。

「還好。」我回到船尾，坐在根叔身旁。

「她今年貴庚？」根叔加大馬力。

「八十多。」

「嘩！很壯健呢！我今年五十有三，她看起來，比我大十年八載而已。我老爹今年也是八十多，但要坐輪椅，整天鬱在老家。」

「我剛才聽你說『我們西貢』，你是西貢人？」

「對。我們姓翁的，是西貢的名門大族。在我的祖父輩出了一個前清秀才，叫翁仕朝，大有學問的，你聽過嗎？」

「我孤陋寡聞。」

「翁仕朝家裏藏書極多，至少有一、二千冊。日本仔霸佔香港時，到處殺人放火。我老爹年輕時參加東江縱隊，聽他說，當年日本仔在西貢碼頭上岸，他們出動幾十人，連夜把翁仕朝的藏書挑運上山，用汽油桶藏好，裹上油布，埋在地裏。這些書，翁家後人後來全捐給香港中央圖書館收藏。說開又說，老爹他們當年還救了很多人，例如何香凝、茅盾、梁漱溟、喬冠華、柳亞子等等，老爹都有份護送，在企嶺下、深涌灣乘漁船，偷偷渡過大鵬灣，在大、小梅沙、上洞、魚涌等地登陸，再由惠陽地區的游擊隊接應……」

國家興亡，匹夫有責。日佔時期，不太識字的西貢漁民、農民，搶救翁仕朝藏書的義舉，可與香港大學的陳君葆館長保護馮平山圖書館藏書互相媲美。

浪濤起伏，波瀾壯廣，縱目外海，水連天，天接海。海浪自南海的海牀陡然升起，形成一條長長的弧狀曲線，以芭蕾舞的跳躍動感，向着珠江三角洲滾滾而來。最高點的浪峰碎裂，散作無數白色的泡沫，底層的海水又湧起，產生新的浪峰，周而復始，循環不息。

有人說，歷史不斷循環，或是對的。不過，類似三年零八個月的歷史，我但願不會重演，不管何時何地。只有喪心病狂的人，才緬懷那段殘暴的歷史，例如參拜戰犯，千方百計的謀求軍國主義復辟。到底，這些人有沒有良知？

2

我與高山嬸嬸在尖沙咀離船，登岸別過根叔。

高山嬸嬸表示，要回住處更換衣服，她認得路，不用我陪伴。

高山刑警由於不確定在香港逗留多久，沒入住酒店，在尖沙咀租了一間月租公寓。綁匪昨天放過高山嬸嬸，估計今天也不會對付她，她的安全不成問題。我惟一擔心她迷路，雖然她堅持認得路，但我仍堅持把她送到公寓樓下。

在樓下，高山嬸嬸再三堅持自行上樓，不敢妨礙我去辦事。

既已來到樓下，我便讓她獨自進入大廈。的確，我趕着去另一處地方。

3

二十分鐘後，我站在中環康樂廣場8號日本駐港總領事館門外。

整件事，我掌握的資料極為有限，與其茫無頭緒的到處瞎找洞穴，倒不如找個知情人士詢問。

在門外站了不到三分鐘，他出來了。戴着一副金絲眼鏡，頭髮貼服，西裝筆挺，斯斯文文，像個剛離開大學在投資銀行見習的MBA畢業生。惟一的敗筆是下巴貼着一大塊「撒隆巴斯」鎮痛膠布。

「請多多指教。」他禮數十足的雙手遞上名片。

東野雅俊，二級文化參贊。按照「遊戲規則」，姓名和職銜都是假的。

「你大概喜歡讀東野圭吾的小說，喜歡聽中村雅俊的歌曲。」我把竊聽器還給他。

「見笑了，總得要有個稱呼。不過，實不相瞞，我確是中村雅俊的歌迷。中村君的首本名曲〈前程錦繡〉，在香港也曾風靡一時。我記得，香港演藝界為三一一大地震籌款，中村君與香港的郭富城先生同台合唱〈前程錦繡〉，令人非常感動。」

「賑災無分國界，歷史不容纂改。」

「說的也是。但願兩國人民汲取昔日教訓，共創錦繡前程。」

「將來太遙遠了，我們說昨晚吧！你因何造訪舍下？」

「昨晚，蒙你手下留情，否則，我今天有口難言了。至於原因，是你前晚用智能手機入侵本國的一個資料庫。」

「黑客入侵資料庫，無日無之，你卻即時反追蹤，第二晚摸上門。那個資料庫有何特別之處？」

「我們把一些對本國重要的人物列成清單，全天候監察。清單之中，包括你翻查的村口正男。」

「一個普通的二次大戰軍人，值得你們全天候監察麼？」

「對不起，我不能多說。」他瞥一眼天花的CCTV，

「可以透露的，我必如實相告。請你見諒！」

「你不說，讓我猜吧！真正重要的，不是村口正男本人，而是他切腹前所運送的物件，對嗎？」

「原來村口切腹……」

「你不知此事？那，你沒看過瓶中信。」

「什麼瓶中信？」

「那是一封村口正男在切腹前寫的遺書，放在玻璃瓶裏，漂浮海上，被漁民撈到。為了某個理由，我要找出村口正男切腹的地點。」

「原來如此！希望我們的目標一致，各取所需。」

「你大可放心，我對村口正男和他所運送的物件，都不感興趣。」

「看來，我們大有合作空間。不知我可否借那封瓶中信一讀？」

「信不在我身上，稍後我可以傳一個掃描檔案給你，算是情報交換。」我揚一揚他的名片，「電郵、電話都是真的嗎？」

「都是真的。」他含蓄地微笑，「太好了！感激不盡。」

「我們走着瞧吧！」我轉身離去。

「請，容我奉勸閣下一句。」他稍為提高一點聲線。

「什麼？」我停步回頭，「有話不妨直說。」

「那姓村口的，可不簡單。」他點到即止。

「嗄？你說明白一些……」

他含笑不語，禮貌地鞠躬道別，返回領事館之內。

什麼不簡單？故弄玄虛，賣他的臭關子，真可惡！

4

村口正男有什麼不簡單之處？

我帶着一個新添的疑問，回到特工基地。

在基地裏，第一個遇見的同僚是R。她一臉倦容的，拿着一杯黑咖啡從茶水間出來。我們在走廊相遇，她知道我想說什麼，瞥一眼前後左右沒其他人，舉起食指和中指，眨一下左眼，輕聲說道：「我今早充了電，在辦公室的沙發上睡了兩小時。」

我們的「地下情」，只有阿漆和露絲知道，所以我們從沒在工作的地方，作出任何親暱的言行。

「今晚一起吃飯。」我也壓低嗓子。

R欣然點頭答應。這時，有人在我身後經過，R便一本正經地問：「你今早工作順利嗎？」

「我往蒲台島繞了一圈，沒發現，白跑一趟。」我如實報告，「之後，再到日本駐港總領事館，跟昨晚的訪客打個招呼。」

「噢！」R有點詫異。她了解我的作風，有時不按牌理出牌，故不予置評，於是稍為更改話題：「我抽時間讀過手語專家的報告，決定調整調查策略，指示情報組的蘇珊組長，根據高山刑警和嬸嬸乘坐東涌線列車的時間，翻看沿途的CCTV，看看他們被什麼人跟蹤。我相信，他們在東涌灣遇襲，不是偶然的，而且阿莫昨日查了很久，也找不到那輛豐田客貨車。」

「好主意，但，為何不叫阿莫繼續跟進？我不敢驚動蘇珊組長。阿莫沒上班嗎？」

「唉！他一早回來了，不過，人在心不在，肉體坐在電腦室裏發獃，魂魄不知飛到哪裏？工作能力等於零。」R無奈地擺擺手，「你最好過去了解一下。」

「R……」大塊頭泰臣跑過來，「澳門警方捉到疑犯了。Hi，阿Wing。」

「Hi，泰臣。」我識趣地稍為退開。

「我們幹活吧。」R恢復不苟言笑的「樸克臉」，走回辦公室。

泰臣跟在她後面。

給泰臣魁梧的身軀遮擋着，我連目送R背影的機會也沒有，惟有轉身踱進茶水間，拉開雪櫃取了一盒紙包奶，插進飲管，一邊啜飲一邊走進電腦室。

R形容得沒錯，阿莫的狀況十足「三魂不見七魄」，人坐在電腦前面，眼盯着漆黑一片的屏幕，即是說，屏幕保護程式因沒人觸碰滑鼠和鍵盤而啟動，程式啟動了多久？或許阿莫也不清楚。

我輕踢一腳門口的電腦椅，電腦椅溜溜溜的溜過去，撞着阿莫的椅背，把他的思緒從遠方召回來。

「啊！」他失神地回望，「阿Wing，你來了。」

「嗨，阿莫。」我上前，坐在那張空電腦椅上，「你好嗎？」

「不大好，煩惱呀！」阿莫抓住我的上臂，「阿Wing，我想知道雅各和以掃的故事，你可以先打電話問家姐再告訴我。」

「不必問家姐，這個〈創世記〉裏的故事，我曉得。你先放手，我慢慢告訴你。」昨天栢芝曾在車上提及雅各和以掃，阿莫今天的失魂落魄，十居其九跟栢芝有關。講故事，沒問題……

以撒的妻子利百加懷孕，雙胞胎未出生已在母腹裏相爭。生產時，以掃先離開母腹，渾身紅毛（以掃的意思是有毛），緊隨的雅各抓住以掃的腳跟（雅各的意思是抓住）。父母都偏心，父親愛長子以掃，母親愛次子雅各。有一天，雅各煮紅豆湯，以掃從田裏回來，又累又餓，求雅各給他湯吃。雅各的條件是，以掃起誓把長子的名分讓給他，以掃竟為眼前的食物答應了。後來，使徒保羅寫〈希伯來書〉時，在十二章談到以掃，作出批評和補充。保羅說：有貪戀世俗如以掃的，他因一點食物，把自己長子的名分賣了。後來想要承受父親所祝的福，竟被棄絕，雖然號哭切求，卻得不着門路。

「故事說完了。是不是栢芝欺負你？儘管說出來，我替你出頭。」

「她⋯⋯是她⋯⋯嗚嗚⋯⋯」阿莫竟哭起來。

「男人大丈夫，流血不流淚。你哭什麼？」

「我昨晚⋯⋯她昨晚⋯⋯嗚嗚⋯⋯」

「你先別哭。你咿咿嗚嗚、吞吞吐吐的，我不知道你說什麼？」

「我昨晚送她回去，她攔住門口，不讓我走，還指着窗外的路燈，說，願賭服輸喲，阿莫。」

「對，她昨日跟你打賭後，的確沒說過一句英文。那，她要你輸什麼東西？很貴的？你賠不起？開個價，我的錢不夠，阿漆和阿Ken也會湊夠。」

「她，她要我給她一個吻。」

「喔？」那麼便宜。

「我說，我的初吻要留給詠芝，不能給她。她說，她偏要跟詠芝爭。我說，我不能做對不起詠芝的事。她說，她的相貌和身材跟詠芝一模一樣，我就當她是詠芝吧，她不介意。我說，我介意。她說，她比詠芝更好。我說，沒人比得上詠芝。她說，她是雅各，詠芝是以掃，她要跟詠芝爭男朋友。我一路退，她一路逼，最後她把我逼到牆角。我說，不要。她說，不要吵。她攬住我，我推開她。她再攬，攬得更緊。我……」

「她強吻你？」

「也不可以這樣說。」

「那該怎樣說？」

「我半推半就……嗚……」

我感到自己的嘴巴只是張開了，卻吐不出一個字。

附近的同僚紛紛投以奇怪的目光。

「別哭嘛，沒事情不能解決的。」我從牙縫中迸出幾句廢話，「大家都看着你，我先陪你去廁所洗個臉，再從長計議，看看有沒有較為圓滿的解決方法。來吧！」我拉起阿莫，扶他進廁所，扭開水龍頭，着他洗臉。

阿莫彎腰用雙手掬水洗臉。臉上的淚痕可以洗去，心上的呢？感情糾葛，兩女一男的三角關係，難搞，輕則一人傷心，重則三人受創，圓滿的解決方法，有嗎？天方夜談。

此時，廁所門打開。

「阿Wing，Hello！」比男人更男人的蘇珊組長昂首闊步的闖進來，「我找到一些線索，你一定大有興趣……」

「這裏是男廁啊！你沒看清楚門外的標誌嗎？」

「男廁，我不介意，你介意麼？」蘇珊組長遞給我一台i-pad。自從露絲出走以後，蘇珊組長成為情報組的主力，撇開她的男性化外形和作風不談，她辦事的熱心和投入，是她的優點，也是缺點，所以一開始，我就不敢驚動她。

「我可不會進女廁。」

「歹徒逃進女廁，你追不追？阿Wing，我們是特工，特事特辦，做事快準狠，不婆媽，何況這裏除了一個啼哭男孩，什麼也沒有。」蘇珊組長一副「宜男相」，方臉闊耳，粗眉大眼，說話詞鋒銳利，咄咄逼人，集合街市八婆與潮州怒漢的「戰鬥力」於一身，等閒之輩難敵她的一張利嘴。

「我哭完了。」阿莫抽張紙巾，一邊抹面，一邊逃離廁所，不敢逗留。

「你又怎樣？看還是不看？」蘇珊組長作勢取回i-pad。

「看，多謝你幫忙。」我指一下身後的廁格，「我在那兒看。」

此時，廁所門再度打開，進來的是阿Ken，他在腋下夾着一份報紙，邊走邊解鬆褲頭帶。

「嗨，阿Ken，你愈來愈胖，要減肥呀！」

「嗨，蘇珊組長，彼此彼此啦！」

「找天一起去做gym。」

「好哇，找天。」

「小便？」

「不，大便。」

「用阿Wing旁邊的廁格吧！兩兄弟，作個伴。」

「多謝提點。我們想保留丁點男性的私人空間，請！」我為蘇珊組長拉開廁所門。

「當然。」她踏出廁所才一步，又回頭道：「R叮囑我給你全力支援，你需要其他線索，隨便找我，我樂意相助……」

我不理睬她，關上廁所門，拿地拖棍頂住門把，以防她過度熱心和投入，再闖男廁。

阿Ken已進入廁格，帶上門。聽見他在裏面「嘶嘶沙沙」的掀揭報紙，我已忘了上次在港鐵車站拿免費報紙是何時的事。我開啟iPad，步進另一個廁格內，放下廁板，坐在上面。iPad的畫面展開，原來，蘇珊組長剪輯了三條港鐵的CCTV片段。我打開第一段，畫面上，高山嬸嬸一人出閘，地點是東涌站，為什麼只得她一人？前後左右都不見高山刑警的蹤影？再打開第二段，只見高山嬸嬸乘坐東涌線列車，車廂裏乘客不多，她左右的座位都空着，隔一個空位坐着兩個低頭掃撥智能手機的女學生，沒可疑。還是那個問題，高山刑警在哪？

最後打開第三段，高山嬸嬸入閘，仍是獨自一人，那該是中環站。初步判斷，她獨自從中環乘坐東涌線列車前往大嶼山，全程沒高山刑警相伴，後面，亦不似有人跟蹤……

咦！那個走在高山嬸嬸後面，與她相距七、八個身位的……戴圓形墨鏡、揹大背囊的少女……

我按pause鍵，集中放大，再放大那少女的臉部……

嗄！那人竟是栢芝！

入閘後，栢芝所走的方向是機場快線月台。

換句話說，栢芝並非從美國乘航機抵達大嶼山的香港國際機場，而是從中環乘坐機場快線列車前往。

我給他們搞糊塗了。

想不到，兩人都是謊話連篇。

我取出手機，打開郵箱，找到手語專家傳給我的口供副本。開啟檔案，上面明明寫着，高山刑警帶着高山嫲嫲，由中環站乘東涌線列車至東涌站，然後步行至東涌灣，在海邊給兩個戴鴨舌帽和口罩的男人截停，高山刑警被擄上米白色豐田客貨車，車牌高山嫲嫲忘了。

高山刑警根本沒去東涌，被擄之事，分明杜撰。

問題是，參與杜撰的，只得使用不正宗手語的高山嫲嫲一人？還是自稱懂得手語的栢芝有份合謀？

他們為什麼要說謊？

片段裏，兩人一前一後的走着，沒交談，沒接觸，但，不代表兩人互不相識。

另外，高山刑警雖沒被擄，但仍失蹤。他到底在哪裏？是自己躲起來，還是給關起來？

太多疑團了！

想不通，呀！腦袋——

「卡住了……」

「便祕嗎？」阿Ken在隔壁問。

「別吵！我要思考。」

「思考有幫助嗎？你的構造真特別……」

我不理會他，集中精神，回憶高山嬸嬸的「言行」。她很安靜，動作不多，舉動不顯眼，不輕易讓人留下印象。在餐廳裏，她吃東西、靜聽我和高山刑警交談、間中點頭鞠躬；在我家裏，她曾淘米、煲粥、洗碗，大部分時間留在客房裏休息……

客房……

我想起來了，那個案頭鬧鐘，一直放在客房裏。半夜，東野雅俊盜取筆記簿時，鬧鐘跌落飯廳地板，把我驚醒，是她從客房拋出來的，目的明顯不過，她要阻止東野雅俊偷走筆記簿，又不讓我知道是她示警。永遠以一個尋常山野老嫗的形象示人，此人可不簡單！

不簡單，東野雅俊提醒我，那姓村口的，可不簡單。她姓高山，不是姓村口，姓村口的一家四口，肯定死了三口，剩下幼女舞次子，高山嬸嬸橫看豎看，都像六十多歲，六十多歲跟村口舞次子的年紀吻合。

不會吧？

我掏出東野雅俊的名片，傳一個短訊給他：「可有村口舞次子的近照？」

且看他如何回覆？

至於栢芝，她在湯麪裏落瀉藥，不是落毒藥，向阿莫索吻，不是索命，嚴格來說，屬於任性、頑皮，並非歹毒。縱是這樣，她始終可疑，我不能掉以輕心。

手機震動。

東野雅俊的回覆傳到：「她在你家作客，沒拍照留念嗎？她的近照我手邊沒有，她十二歲離開孤兒院前拍的就有一張，請閱附件。」

連忙打開附件。

是一幅經電腦掃描的黑白照片。

相中女孩的輪廓，跟所謂「高山孀孀」同一個「餅印」。

原來，她是村口……

「舞次子……」

「用我這卷吧！」隔壁的阿Ken把一物件從頭頂拋過來。

我舉手接住，是一卷廁紙。

「不要煩我！」我把廁紙拋回去。

「你不要學印度人用手……」

找到一些答案，卻衍生更多新疑團。

真煩惱！

高山刑警搞什麼？怎會把村口舞次子認作自己的孀孀？

村口舞次子來港的目的，仍是尋找先人骸骨嗎？村口正男是她的父親，名正言順，無需假冒高山孀孀？

無論如何，高山刑警的失蹤，肯定跟村口舞次子有關。她杜撰高山刑警被兩個不存在的男人綁上一輛不存在的豐田客貨車，故意擾亂我們的追查方向。她剛才在尖沙咀堅持不讓我上樓，莫非……

高山刑警被囚禁在公寓內……

我跳離坐廁，拉開板門，跑出廁格，踢開地拖棍，拉開廁所門，跑出男廁。

蘇珊組長果然仍在門外，我把iPad歸還給她，說聲「線索非常有用，感激不盡」，隨即奔向停車場。途中，手機響起，來電的是北燕。

「喂，阿Wing，我是北燕呀。前晚不好意思，你還沒成家立室，沒兒沒女，不會明白我們作家長的難處。我們對兒女的學業成績、品德操行，總是放心不下，平日的默書、測驗，絕不能放鬆，要求要像考試一般的嚴格，小孩子最容易分心，不能不嚴加管教。小兒完成補默了，我今天有空，特地過來尖沙咀，找高山刑警喝茶……」

「閉嘴！」

「……」

「北燕，你聽我說，高山刑警可能有危險，你有武器在身嗎？」

「我的雙手、雙腳都是武器，致命的。」

「我把地址傳給你，你馬上去那公寓徹底搜查。倘若遇見那個所謂高山嬸嬸的日本婦人，你要先發制人，出手把對方擒住。明白嗎？」

「明白。高山刑警的安危就包在我身上，有我北燕出馬，他一根汗毛也不會少。」

以北燕的能力，對付村口舞次子不成問題。高山刑警交給北燕，我可以分身盤問栢芝，於是折返電腦室，一把將仍舊「當機」的阿莫從椅上揪起。

「啊！你幹什麼？」

「走，帶我去見栢芝。」

「嗄？可不可以……」

「不可以，一定要去。」我扯着阿莫走出電腦室。

阿Ken與身穿迷你裙的Ada、扮成蝙蝠俠的高文在走廊的另一端竊竊私語。阿Ken說得手舞足蹈，隱約聽見Ada回應「噁心」、高文回應「污糟」。阿Ken那傢伙散播謠言，Ada和高文附和謠言，非要教訓不可。我把心一横，雖然趕時間，但也得花兩分鐘，給他們一次小懲大戒。我放開阿莫，快步繞過去，他們見我走近，同時閉口。

「喂，老友，談得如此起勁，談什麼呀？」我騰出雙手，搭着高文和阿Ken的肩頭。兩人大驚，捏着鼻孔，一左一右的落荒而逃，剩下Ada孤身一個，雙手抱頭，緊閉眼睛，蹲在一角發抖，尖聲喊叫：

「呀！救命呀！你這個上廁所不用廁紙的污糟邋遢噁心臭男人，不要碰我，不要，救命呀……」

老實說，Ada大出洋相，已是司空見慣，同僚們見怪不怪，相信沒人把她的怪模怪樣放在心上，而她的怪模怪樣將會維持一段時間，當她再抬起頭時，保守估計，我與阿莫已身在停車場，準備登車離開特工基地。

5

滿心忐忑的阿莫，伸出微微發顫的指頭，在門鈴鍵前三公分處遲疑不定。

素來欠缺耐性的我，看不過眼，從後一掌拍下去——

「叮咚……」

「痛呀！」阿莫把手指縮回，含在嘴巴裏。

兩秒、三秒、四秒鐘過去，屋內沒傳出任何有人前來應門的跫音。

「沒人在家。」阿莫鬆一口氣，拍拍雙手，爽快轉身，走回升降機口。

「叮咚……」我再按響門鈴。

多等五秒鐘，屋內果然沒人，我乾脆取出百合匙。

「喂，你想作什麼？」阿莫從升降機口跑回來制止，「你不能擅闖詠芝的家。」

我掄起拳頭，作勢揍他，把他嚇退，然後打開門鎖，回身道：「如果，你不想讓詠芝知道，待會入屋後，不觸碰任何物件，或者你站在門外等我。」

「詠芝不在香港，栢芝外出，你偷進去，也沒人可問。」

「人會說謊，家居較家主人老實得多。」我旋動門把，將大門推開少許，探頭從門隙掃一眼昏暗的屋內，靜悄悄的，沒半個人影。

放心推門入內，摸着門邊的燈掣，按亮天花板的荷花形吊燈。

阿莫也走進屋裏，隨手關上大門。

玄關之後是浴室和廁所，再過去是開放式廚房連飯廳。這屋，沒客廳，奇怪！

我不着痕迹的走到飯廳中央，左右各有一房間，我「點指兵兵」的最後點中左邊的房間。

「好像不大好……」阿莫的眼耳口鼻皺成一團。

「阿莫，我們是特工，特事特辦，做事快準狠，不婆媽。我們既已進屋，何妨進房。」我毫不猶豫地推開房門。

房間很大，面積是飯廳的三倍。屋主放棄客廳，集中在睡房裏作息。粉紅色的窗簾配襯粉紅色的牀單，四呎半睡房旁邊裝嵌一列六呎闊乘九呎高的組合衣櫃。對正牀尾的牆壁掛着Philips四十二吋LCD電視，電視下方置了一套JVC迷你音響組合，躺在牀上看電視節目、聽音樂，相信挺寫意。門邊放了一座Yamaha Upright式鋼琴，琴頂擺着拍子機、詠芝的照片，以及Beethoven、Bach、Tchaikovsky等名家的樂譜。鋼琴對面的三人座長沙發上面，「坐」滿不同款式的卡通毛公仔，沙發前面的玻璃茶几一塵不染，几上插着一瓶鬱金香伴白玫瑰，散發滿室芳香。

詠芝離港七天，誰替她更換花瓶裏的水？

會不會是栢芝？栢芝粗枝大葉，不似有如此雅興，若不是栢芝，會是誰？

這間房沒特別，改看另一間。

阿莫不再表示反對，內心深處，他亦渴望看清楚詠芝的家。

另一間睡房，是個截然不同的世界，我一進去，便踩着地板上一條褲管開洞的黑色牛仔褲，跨過一雙磨沙皮平底帆船鞋，來到紊亂不堪的睡牀前面，睡牀同樣闊四呎半，牀單、被子、枕頭、內衣、內褲、八卦雜誌、洗水藍牛仔短外套、梳子、手袋、襪子等物，在牀上零星四散，或纏擾不清，牀尾歪歪斜斜的倚着那個綴滿補丁的大背囊，窗前的三人座長沙發上，堆疊着各式各樣的雜物。若非先入為主的看見栢芝的衣物，我一定以為家主人是個在油麻地撿拾破爛的老婆婆，或者一個擅長把廢物改頭換面的藝術家，因為牆壁上大幅街頭式噴漆塗鴉，令我嘖嘖稱奇，令阿莫瞠目結舌。

屋內大部分物品上面積着薄薄的一層灰塵，當然也有例外，例如抹得亮麗的Ikea牀頭矮櫃，以及櫃頂的頭顱狀膠架上的金色假髮。

我看見了，阿莫也看見了。

「假髮？栢芝她⋯⋯」阿莫看得傻了眼。

誰是栢芝？誰是詠芝？我開始有點頭緒。

這時，大門傳來鑰匙插進匙孔裏轉動的聲音。

我示意阿莫噤聲，閃身靠着房門，窺視玄關。大門打開，進來的那個，短髮、穿裙，手裏拿着一束鮮花。

她不是身在廣東省「交流」的嗎？

「詠芝。」我開門踱出栢芝的睡房。

「呀！」詠芝給嚇了一跳，手一鬆，鮮花「啪」的丟在玄關上，「阿Wing、阿莫，你們怎會……」

阿莫跟在我身後，慌忙說道：「詠芝，我們可以解釋……」

「不，阿莫，要解釋的是她。」

「我，對，我可以解……釋。是這樣的，國內的接待單位出錯，交流團被迫縮短行程，我們提早返港。」詠芝一臉純真、誠懇，心軟如阿莫，已經不加考慮的選擇相信她的謊話，但我不是阿莫，也不心軟。

「我不是要你解釋這件事。你老實告訴我，你懂不懂手語？高山刑警被兩個男人擄走是否你杜撰的？你為什麼要欺騙我們？」

「我完全不懂你說什麼？真的！你們不單止偷進我家，還胡言亂言。阿莫，你們太過分了！」

「對不起，請你不要生氣……」

「簡直浪費時間。」我大步返回栢芝的房間。

「喂，你又進去幹什麼？」阿莫方寸大亂，「不要再惹詠芝生氣。」

我不管，抓起牀頭櫃上的金色假髮，走到詠芝跟前，二話不說，把假髮套在詠芝頭上。

「小心，別弄傷她。」

我不理會阿莫的攔阻，不理會詠芝的掙扎，把她拖進廁所裏，扯到鏡子前面，喝問：「你懂不懂手語？高山刑警被兩個男人擄走是否你杜撰的？」

但見她對着鏡子，嘴角向上一挑，眼珠一轉，眉毛一揚，鏡中，栢芝那副輕佻不羈的嘴臉再度出現。

「開玩笑而已，何必認真？你抓得人家很痛耶！」她甩開我，順勢倚進阿莫的懷裏，「你弄痛我，阿莫會心痛。」

「你究竟開了什麼玩笑？」阿莫好言相勸，「事關重大，你老實告訴我們吧！」

「告訴你，可以，但有條件。」她狡猾地指一下自己的嘴唇。

這趟阿莫沒遲疑，快快吻了她一下。她滿意了，懶洋洋地說道：「我不懂手語，跟高山嬸嬸素未謀面，不知她的手勢表達什麼意思，客貨車、口罩男等等，全都是我亂說一通。」

阿莫瞧着我點點頭，他相信她。

我也不覺她說謊。

她沒說謊，換句話說，假冒高山嬸嬸的村口舞次子說謊。大概栢芝的杜撰，像模像樣，村口舞次子便挪用過來，圓她的謊話。由於兩人言之鑿鑿，當時也令我們信以為真。

這裏要辦的事，差不多了。

我扯掉栢芝頭上的金色假髮，讓她變回較為溫純善良的詠芝。

「啊！阿莫，我……」詠芝羞得滿臉通紅。

「我認識一位精神科醫生，醫術頗為高明。」我在手機裏找到地址和電話，傳給阿莫，「你好好勸她一下，盡早帶她去接受治療。」

「我沒病，好端端的，我不去看醫生，我沒病。阿莫，求你，不要讓他們把我關進精神病院。」

「不會的。」

「鈴……」

是北燕來電，我立即接聽：「北燕，找到高山刑警沒有？」

「找到了，他受了點傷，我送他到基地的醫療室。」

「那日本女人呢？」

「沒發現任何女人，在月租公寓裏，只得高山刑警一個男人。我找到他時，他被反綁在椅子上。」

「他清醒嗎？」

「迷迷糊糊。」

「Okay，我馬上過來。」我掛線，拋下一句，「阿莫，我要趕回基地，你好自為之。」便離開詠芝或栢芝的家。

的確，我愛莫能助，一個精神分裂的女孩子、一個不善人際溝通的電腦小子，要解決他們的「三角關係」，實在超出我的專業知識和能力範圍。

惟有祝他們好運。

6

對於大部分和歌山的高山家族成員，高山嬸嬸隱居深山幾乎是一個家族傳說，因為晚一輩的高山氏子孫都沒入山探望過高山嬸嬸，大家都像高山刑警一般，只聽聞其事，從沒見過其人。

然而，這年，夏天將盡的時候，西風把秋意吹進高山刑警的家，也吹來和歌山的「高山嬸嬸」。

高山刑警初時不無懷疑，除了眼前這位長輩的外貌與年紀有點差距，幾十年來她不問世事，沒理由突然下山。但當高山刑警跟她「筆談」一段時間後，他再沒懷疑，因為她對高山家的故人舊事，瞭如指掌，比高山刑警所知道的還要清楚。

談到何以突然下山，她把瓶中信的影印本取出，平放地蓆之上，雙手把它推到他腳前，表示希望他陪她去香港一趟，尋回亡父的骸骨，帶返和歌山入土為安，了卻她晚年的惟一心願。

高山刑警打個哈哈，為難地回答：「嬸嬸，我在香港人生路不熟，如何陪你尋找？」

她在紙上寫道：「去年，你的四郎姑丈上山探望我，談起你。四郎說，你有位本事很大的香港朋友，曾協助你偵破離奇的烏鴉殺人案件。你可以帶我去香港求此人幫忙。」

「這個嘛……」

「如果你們只是泛泛之交，那就作罷，不要騷擾人家。」她再寫道。

「不會的，我和阿Wing是生死之交，我有事相求，他一定答允。不錯，他的本事很大，又是地道的香港人，尋找那處地方，應該不成問題。」

於是，高山刑警帶她來香港找我。

「我有三點不明白。」我瞧着躺在牀上頭纏繃帶的高山刑警。

「我不明白的，豈止三點！」他滿臉委屈。

「第一，村口家與高山家的淵源，可追溯至村口正男和你的高山叔叔，但兩人切腹身亡時，村口舞次子非常年幼，母兄又喪於盟軍空襲，成長後的舞次子怎知高山家族的家事？」

高山刑警無奈地搖頭。

「第二，她為何要跑到大嶼山杜撰你遭人綁架？」

「這點，我倒明白。第一，那晚在尖沙咀你不答應相助，我後來跟她說，我無能力，並計劃提早返回日本。估計她藉着我的被擄，威脅你出手，尋找那日軍基地。至於大嶼山，我曾跟她提過，香港的離島之中，只有大嶼山乘車可達，我們都是山上的人，很少也很怕坐船。」

「唔，言之成理。第三點，你堂堂一個大男人，又是警務人員，怎會被一個大嬸制服？」

「我……」高山刑警登時窘了，「說出來，你也不相信，我懷疑她懂武功。」

「笑話！除非她掩飾得非常完美，否則，我一定瞧得出。」

「但，她從後攻擊我的力度，很猛啊！你日後若與她交手，要小心呢！阿Wing，這是我的誠懇忠告。」

「算了吧。你安心在這裏休息，治好傷，再找她報仇也不遲。」我為他蓋好被子，退出病房。

想起東野雅俊提過舞次子的童年在孤兒院度過，相信他還有更多資料，於是打電話給他，豈料，話筒收到「未能連接」的訊息，那個名片上的電話號碼已經「停止服務」。

我還未把瓶中信傳給東野雅俊，他卻終止與我聯繫，理由不出兩個：被迫或佔優。

所謂被迫，他可能向我透露了太多資料，遭上司責怪。

所謂佔優，他可能掌握了某些更直接有效的線索，不再需要瓶中信，不再需要徐振邦的筆記簿，因此也不再需要我。

管他，反正此事由始至終與我無關，那個日本女人尋找死人骨頭也好，尋找驚世寶藏也好，我都不感興趣。我初時介入全因高山刑警的關係，如今高山刑警平安無恙，我才不浪費時間。今晚找間情調浪漫的餐廳，與R共晉燭光晚餐，不是更有意思嗎？

IV
孤島奪寶殺機
一個神祕的日本女人、
一個狡詐的日本特工、
一個患精神病的女孩……
孤島上爭奪寶藏的危機乍現，
殺機一觸即發！

1

我致電半島酒店餐廳訂座，今晚八時正，兩位。

再傳短訊通知R。個多月來，我們各有各忙，聚少離多，今晚有機會享受二人世界，我們都很期待。

時近黃昏，尚有時間回家沐浴更衣。難得佳人有約，總不能渾身汗臭的赴席，唐突佳人。

我把車子駛進柯士甸道不久，手機響起，是阿莫來電。希望他已勸服詠芝，病向淺中醫，儘管她的病看來不淺。

「喂，阿莫，情況怎樣？」

「嗚……」

「你又哭！你邊哭邊說，我聽不清楚你說什麼？」不祥的感覺又來了，今天真倒楣。

「栢芝…… 拿高跟鞋…… 敲穿我…… 的頭……」

「栢芝？怎麼不是詠芝？我明明除掉了她的假髮。」

「她趁我不覺，偷偷把假髮戴回頭上。」

「唉！你傷得重嗎？」

「輕傷，血止了。我醒過來後，血已經止了，頭仍痛。」

「你暈了多久？」

「大約半小時。」

「人呢？」

「跑了。她攻擊我前，大叫寧死也不進精神病院，還說要去東涌灣跳海。」

「阿莫，你打電話給嘉薰醫生，請他替你療傷，我會去找栢芝。」

「阿Wing，你要確保她安全。」

「我會盡力。」掛線後，我瞥一眼左側鏡，勉強有一個車位的空隙，馬上扭動方向盤，切入慢線。

後面的小巴司機大力響號，以示不滿。我沒理睬他，也沒減速，繼續切入支路，轉入橫街，揀選最短的路徑，以最快的速度，開上連接青嶼幹線的快速公路，趕赴東涌灣。

怎麼又是東涌灣？香港周圍都是海，要跳海，地方多的是，栢芝偏偏選擇偏遠的東涌灣！精神病患者的想法，實在難以理解，她說東涌灣，就不會跳落淺水灣，她要跳，我便去阻止。一來一回，兩小時少不了，今晚的燭光晚餐恐怕多半泡湯了！要哭的，還有我呢！

阿莫給她打傷，她要跳海，說到底，我要負責。

我太大意，不應留下阿莫單獨應付栢芝。如果可以再做一次，我會先打電話通知嘉薰醫生，才離開栢芝的家。事情已經發生，時光不能倒流，如今只能盡力補救。不過，半小時，她若走得快，或已足夠她跳海兼淹死了。

抑或先報警？請大嶼山的巡邏警員留意一下……

「鈴……」

「喂。」

「喂！是阿Wing嗎？」是那位聲如洪鐘的下嶺皮村的村長。

「村長，有何貴幹？」

「那個日本女人，她又回來了！還有兩個人跟她一起。一個是昨天那染金髮的女孩，神神化化的那個，另一個是後生仔，白白淨淨、斯斯文文的！」

「真的？」

「我騙你作什麼？他們的確來了！會不會跟綁架有關？要不要報警？」

「不要報警，所謂綁架，只是一場誤會。村長，根本沒綁架這回事，他們，我想，純粹為了參觀炮台古蹟。」

「太陽都下山了！炮台黑麻麻的，有什麼好參觀？你們這些都市人，真無聊！既然不是綁架，不說了！」

電話「卡」的斷線。

這倒是個好消息，至少栢芝還沒跳海。

村長所說的，斯斯文文、白白淨淨的後生仔，該是東野雅俊。他與同聲同氣的村口舞次子建立連繫，不再需要我，亦是人之常情。但，栢芝怎會跟他們走在一起？

他們又到下嶺皮村幹什麼？

我想起成語「狼狽為奸」。根據《酉陽雜俎》，狼的前足長、後腿短，狽剛好相反，前足短、後腿長。牠們合作偷羊，借助對方的肢體長處，彌補自己的先天不足。狽讓狼騎在自己頭上，以兩條長後腿作支撐，把狼抬高；狼則運用牠的長前足，攀越羊圈。

東野雅俊與村口舞次子，誰是狼，誰是狽，我不花時間深究，他們有共同的目標「羊圈」，則非常明顯。兩人交換情報，合作找出那日軍基地，無可厚非。不過，當他們成功後，會不會像狼和狽一般，安分守信地分甘同味？就人心難測了。

當然，他們能否找到那基地？能否安分地各取所需？抑或互相吞吃？盡都與我無關，我不會關心。

我惟一放心不下的，亦不明白的，就是栢芝。她不是要去跳海的嗎？幹什麼有海不跳，與他們「狼狽為奸」？日軍基地、村口正男、高山叔叔，都跟栢芝扯不上關係，除非她也有興趣尋寶。可是，寶藏對於一個患有精神分裂症的女孩，有多大意義？另一方面，他們何以讓不明就裏的栢芝同行？

找到三人，一切自會明白。

2

燈，一盞又一盞、一盞又一盞的，像大羣夜貓子的眼睛，通通亮起來，在溫濕濕的晚風之中，在暗沉沉的夜色裏。

東涌灣的漆黑海面蕩滿浮光，一串串、一排排的，來自東涌市的萬家燈火，也來自機場島的航空交通燈號。

亮呀亮，閃呀閃，耀呀耀。

二十年前的東涌居民，誰會想像到今天的繁華景象？

或許再過幾年，隨着港珠澳大橋竣工，大嶼山佔有「橋頭」地利，成為海陸空交通樞紐，發展更加一日千里。

不過，繁華背後，我們需要付出的、我們下一代將要承受的，並非金錢所能計算。例如，大嶼山的寧靜、空氣質素、民風淳樸等等，隨着都市化發展，都不可能保存下來。要發展便要犧牲，沒有兩全其美，孰得孰失，有理說不清，也無從說得清，關鍵是，大家是否清楚自己和下一代需要什麼？

我來到十字路口，拐彎，把東涌市和機場島的燈光遺在身後，車輪「喀軋喀軋」的輾上碎石子路。把車頭燈的亮度調至最高，燈光映照，清楚看見路面揚起稀薄的塵埃，塵埃沾上燈光，變成一團一團難以名狀的噁心東西，半明半暗、灰灰黃黃的，不斷迎面「撞擊」擋風玻璃。我當然不擔心擋風玻璃被它們撞破，然而，我總會下車，離開「保護罩」後，也不知把多少「粒」吸進肺裏，跟日間在旺角、在尖沙咀吸入的廢氣沉積在一起。我們早已遺忘什麼是清新空氣。

下嶺皮村就在前面，總得要停車，總得要下車。

村口士多大門緊閉，烏燈黑火，斜路上的炮台，看來空無一人。

我把車子停在村口，悄悄跑上斜路，翻過炮台圍牆，伏在牆角，但見荒廢的房舍內，隱約射出微弱的手電筒光線。他們果然在裏面。我靠牆矮身急行，繞過曾是籃球場的空地，來到房舍之前。光線共三束，於三處不同位置晃動，他們正分頭搜尋。我一提氣，施展壁虎游牆功，不動聲息的攀上房頂，沿着屋脊，爬到其中一束電筒光線的上方，輕輕滾下屋脊，滾到簷頂，貼耳伏在簷椽。聽見下方傳出「得得突突」響聲，他們似乎用硬物敲打牆壁和地板。

搞什麼？

「村口嬸嬸，你們還是別敲吧，我擔心聲響驚動附近的村民，請你相信我的儀器好了。」

「這裏近海，有風聲、浪聲掩蓋，小小的敲牆聲音，不會驚動村民。而且，你這台儀器，操作太繁，反應太慢，不及我憑聲辨別的快速準確。」

前一個說話的是東野雅俊，後一個回應的「村口嬸孻」，該是村口舞次子，連日來，她裝笨扮啞，今晚終於開腔說話。

東野雅俊拿着什麼儀器呢？可惜，伏在這個位置，看不見下面的情況。

「你還有紋有路，栢芝在那邊…… 簡直亂打一通……」他壓低聲音，「我不明白你為什麼要帶她同行？」

「東野先生，我也不想她出現。既然給她碰見，只有把她留在我們身邊，才可確保她不向阿Wing、阿莫通風報訊。」

「這是沒辦法中的辦法，我也不想使用武力對付女孩子。待我們找到遺物，阿Wing來到，也沒法阻止。」

笨忍者，我就在你們頭頂。你們要找死人骨頭，我才不會阻止。

「對啦，東野先生，你老是探測牆壁，尋找地道，不是應該檢查地板麼？」

「我記得，當年我軍改建東涌炮台的文獻裏，有這樣的描述——牆後暗門連接地道，所以，地道入口，不一定在地板。」

「那麼，我們各有各找吧！」

「我反而擔心，即使找到地道，卻未必通往你所說的海洞，說不定這兒根本沒海洞。」

「有的，一定有的。」

她為什麼如此肯定？

「有啦！我找到啦！在這裏……」栢芝在另一邊叫喚，「你們快過來，聽……」

「噗噗……」

我也側耳細聽，聲音的確發自一道空心石牆。

「讓我用紅外線探測一下，請讓一讓。」東野雅俊道。

「先讓我敲兩下。」村口舞次子道。

「噗噗……」

「是這裏了。」村口舞次子雀躍地說：「哈，栢芝，你真能幹。」

「讀數正確，栢芝小姐的確找到地道入口。」

「好耶，我們快進去尋寶。但，沒門，如何進去？」

「是啊！東野先生，這道石牆雖然中空，但厚度亦相當，我們即使動用破牆工具，沒一時三刻也不能打通，何況，我們三人赤手空拳。」

「放心，讓我記一記，面向入口，後退三步，左轉三十度，向前三步。」

「你說什麼？」

「傻丫頭，不要吵。東野先生在回想機關方位，對嗎？」

「沒錯，有關文獻確實如此記載。」

「幸虧你找我合作，不然的話，我找到這裏也不得其門而入。說起來，這小房間，不管是警署或學校，後人只會用作堆放雜物，不會在此走動，怪不得，幾十年來，沒人發現地道。」

「我也感激你信任我，願意跟我合作，否則，我無從知曉東涌灣就是正確地點。咦！這塊磚頭之後，有個把手，你們先退出去，讓我試拉。」

「軋……」

「嘩！牆壁移動了…… 噫！好臭呢……」

「退出屋外，快，退出屋外。地道長期封閉，可能充滿沼氣。」東野雅俊捂着嘴巴叫道。

三人「踤踤趴趴」的退到「籃球場」上。

我連忙縮後，平躺屋頂，一動不動。

仰望天空，明月清風，取之不盡，用之不竭，才是上天賜給世人的至寶，不費分毫，唾手可得。

「可以進去了嗎？」栢芝躍躍欲試。

「也差不多了。」東野雅俊何嘗不心急？

「且住。」我主意已決，一個翻身，從屋頂躍下，攔在三人跟前，把他們嚇了一跳。

「阿 Wing ？你來得真快。」東野雅俊探手入衣袋之內。

「你也想分一杯羹嗎？」村口舞次子冷笑。

「你兩個要進去，以及進去幹什麼，我不管。」我雙手負背，「我只想帶走栢芝。」

「我不依！我要跟他們去尋寶。」

「栢芝，不得任性，他們不是好人。」

「難道你又是好人嗎？哼！本小姐的事，不到你管。」

「夠啦！」東野雅俊拔出手槍，「阿Wing，你一再阻我辦事，休怪我手下不容情。」

他手中的槍，我瞧也不瞧，跨步上前，扼住栢芝的手腕，道：「別鬧了，回家吧！」

「我不回家，我要去尋寶。」栢芝跺足，要甩開我的手，卻甩不開。

栢芝跟我糾纏時，我仍分心注視東野雅俊的舉動，他的武功雖不及我，畢竟有槍在手，不可不防，因而，我忽略了村口舞次子。她不經意地移到我身後，到我察覺不妥時，她已陡然出手，以指代劍，又快又狠地在我的左脅刺了一「劍」。

「喲——」這種刺痛，這種指法，似曾相識，我如遭電殛一般，半身赤痛、痲痹，左腿一軟，單膝跪地，終於想起一人，咬緊牙關問：「你是和歌山老人的徒弟？」

「我因緣際會，跟他老人家學過一招半式，不敢妄稱徒弟。」

痲痹瞬間蔓延全身，我再也挺不住，軟倒地上，動彈不得。

「原來你是武林高手！失覺。」東野雅俊的語氣充滿戒懼。

「我的三腳貓功夫，難登大雅之堂，稱不上高手，見笑。」村口舞次子的語氣沒半分謙虛。

「事到如今，先解決阿Wing，免他礙手礙腳。」東野雅俊擎槍走近，目露凶光。

「不！你不能傷害阿Wing。」栢芝，不，詠芝跑過來，擋在我身前，剛才的糾纏，不知誰把她的假髮弄跌。

「滾開。」東野雅俊的狼相原形畢露，不再裝雅扮俊。

「不！」詠芝堅持不退。

「算了，東野先生，無需多此一舉。阿Wing中我一指，一小時內失去戰鬥能力。一小時，足夠我們找到遺物。」

「也罷！殺他，上司未必同意，若追究起來，我沒好處。」東野雅俊收起手槍，伸手拉扯詠芝，「我們動身。」

「你要把我拉往何處？」詠芝掙脫東野雅俊的手。

「尋寶嘛！」村口舞次子挽住詠芝的臂，「你在東涌市聽見我們去尋寶，不是央求我們帶你同行的嗎？」

「尋什麼寶呀？我不要。」

「哼！寶藏你想要也沒有，但你不能不跟我們同去。」村口舞次子亦不再惺惺作態，使勁扳住詠芝的臂，推她前行。

詠芝不住掙扎，奈何氣力不及，被迫重返房舍之內。

「你看，她不合作，勉強同行，我們反被她拖慢，倒不如……」

「詠芝……」我喘着氣道：「你暫時…… 跟他們進

去，我稍後…… 帶你平安出來。」

「你不要騙我。」

「我保證……」

「哈，不自量力，大言不慚。走！」村口舞次子拖着詠芝走進屋內，「你不是叫栢芝的嗎？」

「我叫詠芝。」

東野雅俊俯身在我的衣袋裏搜出手機，純熟地拆除電池、智能卡、記憶卡，一一扔掉，然後一腳踏在我的左腿上，獰笑道：「你有膽追來，我就請你吃子彈。」

現在不是鬥嘴的時候，我瞪着他，閉口不言，暫且忍他一忍，待會雙倍、三倍、四倍奉還。

「不作聲？害怕了吧！膽小如鼠的支那人。巴架！」東野雅俊朝我的小腿踹了一腳，吐一啖口水，轉身跑進屋內。

我錯了，我沒把高山刑警的忠告放在心上，我若非大意，她怎可能成功偷襲？

她錯了，她不錯跟和歌山老人學過幾下皮毛粗淺的功夫，不過，和歌山老人教過我一些心法，加上我的內力，區區中她一指，十分鐘之內，我必定復元。

他也錯了，錯得最離譜，他侮辱我，也侮辱中國人，他一定後悔，我發誓！

3

地道陰陰森森，彎彎曲曲，時闊時窄，寬闊之處，可容三人並排同行，狹窄的，只夠一人通過。牆壁乾硬，滿是斧鑿痕跡，單靠人力和簡單工具，挖出這條地道，當年的日軍不知勞役了多少大嶼山居民，才完成這項龐大工程。

地道每隔一段，牆上不是插着火把，就是掛起油燈。東野雅俊他們一路燃亮照明，想不到幾十年後，火把和油燈大都正常「運作」。

沿途並沒岔路，他們就在前面，我一路追蹤，只要不踢響地上的碎石，不發出過重的跫音，便可出奇不意地接近他們，突襲他們，殺他們一個措手不及。

「嬸嬸，你真的肯定地道通往海洞？」忽然聽見詠芝的聲音。

我已離他們不遠。

「你不相信我？」村口舞次子的語氣大為不滿。

「我只是覺得奇怪，這地方，就連東野雅俊也不知道。」

「神風洞從沒文件紀錄，我當然不知道。」

「不妨告訴你們，先父其中一張照片的背景，是一個巨大海洞。孤兒院的人告訴我，照片是在香港拍攝的。昨天出海，我們穿過東頭大洞時，開船的根叔說，那是香港最大的海洞。跟照片的海洞相比，東頭大洞遜色多了。根叔又說，東涌灣本來有個比東頭大洞更大的海洞，後來坍塌了。」

「有道理！我軍改建東涌炮台時，或因應戰略需要，另闢地道，貫通天然海洞，成為神風洞，絕不出奇。」

「你剛才說孤兒院，你曾在孤兒院生活？」

「對，我自懂事以來，就住在孤兒院裏，從沒見過家人。有一天，院長給我幾張照片，逐一指着相中人說：舞次子，這個是你已過世的爸爸、媽媽、哥哥。」她沉默了一會，繼續說下去：「直至十二歲，我才被人收養，遷到山上居住。」

真正的高山嬸嬸、武功高強的山中老人，都在和歌山隱居。村口舞次子冒認高山嬸嬸，了解高山家的事，又曾跟山中老人習武，他們之間有什麼淵源？收養她的，也許是高山嬸嬸，也許是山中老人。

距離漸近，憑聲音估計，他們就在十來步後的彎角盡頭。終於追上了，我預備出手。

「咦！我踢中一件東西。」

「你別再整蠱作怪，拖延時間，阿Wing那小子中了我一指，還躺在外面的空地納涼呢！」

「等一等，她踢中的東西，有點特別……」

東野雅俊也停步察看，那究竟是什麼？

「石頭一塊，沒什麼特別……」

「不是石頭，這是一塊…… 金條啊！」東野雅俊的聲音發顫。

「讓我瞧瞧，太好了！果然有寶藏，果然是這裏！」村口舞次子的心情激動。

我立定腳步，放鬆緊握的雙拳，暫緩出手，因為發現寶藏後，狼和狽的關係，可能由「合夥人」變成「爭奪者」，還是靜觀其變。

「這邊還有金條呢！」東野雅俊喊道。

「放下金條。」村口舞次子冷冷地說。

「你說什麼？」

「你聽到的，不准碰我的金條。」村口舞次子反臉不認人，「我們有言在先，財寶歸我，密件歸你。」

「嘿嘿，我不會跟你爭的，況且，金條零零星星的丟在周圍，加起來，亦不過七、八塊，全數給你，也不成氣候。」

「呀！這裏…… 有很多… 骷髏骨頭……」

「丫頭，不要大呼小叫，死人骨頭，值得大驚小怪麼？」村口舞次子厲聲斥喝。

死人骨頭？當中有一副，是她的亡父呢！

傳來一陣「嘩啦」之聲，似是雜物散落地面。我躡手躡腳的走到彎角處，探頭窺視，只見他們站在一個橢圓形的密室之內，密室的另一端連接地道不知通往何處。密室兩旁放了一些木箱，村口舞次子發瘋似地把箱面的骸骨掃走，不斷咒罵：「你們要死，也不死遠一些，阻礙我開箱。」幾副骸骨給她掃落地面，或混雜一起，或四散滾開，嚇得詠芝左閃右避。

趁詠芝閃到彎角處，我從後拉住她，並掩着她的嘴巴，不讓她發聲。她定一定神，察覺是我，才鎮定下來，仍感到她的脈搏卜卜亂跳。我在她的耳後細聲道：「循原路返回地面，通知阿莫。」她點頭會意，我放開她，讓她逃出地道。

前面，狼和狽全心全意的翻箱倒篋，加上照明不足，他們想不到我已追蹤到來，也不察覺詠芝悄悄逃走。

「鈔票呀！大量鈔票呀！」村口舞次子欣喜若狂。

「我也找到了。」東野雅俊捧着幾份檔案夾，湊近牆上油燈，不停翻閱。

「但，這些鈔票……」村口舞次子抓起一疊鈔票，逼開東野雅俊，疑惑地在燈下檢視，「似是日圓，又不是日圓……」

火光掩映，她的臉色陰晴不定。

東野雅俊瞄一眼，乾笑道：「這些，是軍用手票。」

啊！原來是簡稱「軍票」的軍用手票。二戰期間，日軍每佔領一處地方，例必強迫當地居民把流通貨幣兌換軍票，硬性規定軍票為當地的惟一「合法貨幣」。在日佔時期的香港，日軍頒布「私藏港幣者死」，下令居民交出港幣，兌換軍票，變相掠奪民財。於是，日軍收集大量港幣，運回日本，硬幣熔鑄子彈，紙幣成為外匯。至1945年日本投降前夕，在香港流通的軍票數以億計。日本戰敗投降後，沒有任何信用和資本儲備支持的軍票，變得一文不值，頓成廢紙，持有軍票的香港市民一直爭取向日本政府索償，幾十年來，都不得要領。

「這箱全是軍用手票，這箱也是……」村口舞次子一連揭開三、四個箱蓋。

「根據我們的口頭協議，這些錢…… 我一概不要，你統統拿去。」東野雅俊幸災樂禍，「拿去賣給廢紙回收商，也值一百幾十港元。」

「你…… 手上的…… 是什麼文件？一定很重要，拿來讓我過目。」村口舞次子發現「新大陸」。

「妄想！」

「拿來！」村口舞次子撲過去，雙手舞起「劍指」，一指又一指的插向東野雅俊。東野雅俊左手執着檔案，只剩右手擋格，單拳難敵雙指，又沒第三隻手拔槍，加上空間局限，分身術派不上用場，登時左支右絀，連連後退，最後退到牆角，身上連中兩指，跌倒地上，文件散落腳前。村口舞次子抄起幾頁，跳回油燈之下，大略讀了讀，尖聲笑道：「呵呵，原來是日軍侵略中國時，捉拿活人作化武實驗、強迫婦女作慰安婦、屠殺平民等證據。好呀！你若不拿錢來贖，我就賣給外國傳媒機構，肯定有價有市呢！」

「混帳！你這婦人，竟敢出賣國家，你不愛國麼？」

「愛國？我呸！這個國家有什麼可愛？這個國家給了我什麼？我全家因戰爭而死，我的童年困在孤兒院裏，長年過着吃不飽、穿不暖的日子。高山家的寡婦念我是故人之女收養我，在山上，雖有三餐溫飽，但一世捱窮。這就是國家給我的一生了，我不甘心！高山家的寡婦認命，去年鬱鬱而終，我以為會步她的後塵，在深山終老。誰知道，收到瓶中信的影印本，又以為天降橫財。誰知道，找到的竟是這些廢紙。哈哈哈…… 老天爺呀，為什麼老是戲弄我……」

就在她歇斯底里的不斷控訴之際，躺在地上的東野雅俊，偷偷掏出手槍。當局者迷，旁觀者清，環境雖暗，但一切都逃不過我的雙目如炬。他舉槍還未瞄準，我已一躍而出，踢掉他的手槍。

「你！」村口舞次子回過神來，立即出指向我攻擊。

我正面迎敵，地方狹窄，我捨棄長橋大馬、大開大闔，改用貼身發招的「詠春」。「日字沖拳」連環快打，以拳破指，馬上見效，「卜卜」兩聲，她的一雙中指應聲骨折。十指痛歸心，她痛得眼淚直流，高聲呻吟。指遇拳即輸的道理也不懂，她小時候在孤兒院一定沒小朋友跟她玩「包剪揼」了。

身後殺氣驟盛，我眼觀六路，耳聽八方，已知東野雅俊偷襲，頭也懶回，旋身就是一腳「神龍擺尾」，正中他的心窩。接着雙掌一錯，掌風霹靂的在兩人身上各拍一掌。村口舞次子中掌彈飛向左，壓毀一口木箱，攬着一堆先人骸骨和亂飛的軍票，倒在一旁。東野雅俊則跌向右，撞着地道彎角的石牆，反彈落地，頭破血流。

敵人已沒反抗能力。

我撿起地上的文件，道：「這些罪證，我會交給聯合國，鐵證如山，那些無恥的日本政客還能砌詞狡辯麼！」

「不可以……」東野雅俊倚扶牆壁，巔巔危危地站起身，血流披臉，樣子可怖，「我就算犧牲…… 性命，也不會讓你把文件…… 帶離地道。」他手裏多了一個加大碼的「羅漢果」。

「就憑你？笑話！」

「鈞——」他從「羅漢果」上拔走一根保險針。

天呀！那，原來是個手榴彈！他可不是說笑。

那白癡有心同歸於盡！我暗叫不妙，他把手榴彈拋進密室。

我隨手拾起一個骷髏頭蓋，使勁擲過去，準確無誤的，頭蓋骨在空中裹住手榴彈，跌回東野雅俊身旁。

我一個翻身撲進兩口木箱之間，雙手抱頭，把身體蜷縮成一隻「蝦米」。

一股雷鳴般的轟隆聲，在東野雅俊所站的位置爆開。一抹強光閃過，一陣猛震過後，地道漆黑一遍。

沙石天崩地塌、翻天覆地一般不斷砸落我身上，彷佛地老天荒永無窮盡源源不絕世世不息。

其實，只是幾秒鐘的時間。

非常漫長的幾秒鐘。

「我的腿！哎呀！我的腿……」村口舞次子痛苦的、淒厲的尖叫聲劃破地道坍塌後的突然寂靜。她的聲音充滿惶恐和絕望，好像她的身體快要被撕裂似的。

又過了幾秒鐘，她的尖叫聲戛然停止。

我嘗試移動身體，一動，每寸肌肉、每根骨頭都劇痛無比，尤其肩膀、左腿、左前臂，簡直痛入骨髓，但我不能就此躺着不動。我強忍痛楚，集中意志，再動，鋪在身上的沙泥、碎石「啦啦」流走。我感到仍有幾塊大石壓在腰背之上，左臂不聽使喚，用右臂使力推撥，大石滾開，「喀喇」的把身旁的爛木箱砸得更爛。渾身泥污的我稍為坐直身子，在碎石堆中四下摸索，摸了一會，終於摸到一個手電筒，再摸到它的開關，「啪」的一聲把它按亮，重見光明了！四下照射，地道煙塵瀰漫，來路完全坍塌、堵塞。東野雅俊最後所站的位置，即手榴彈爆炸的地方，堆疊大量的岩塊、巨石，他即使沒炸至粉身碎骨，也被壓成肉醬。

「救命……」村口舞次子看見手電筒的光線，發出微弱的呼救聲。

我循聲望過去，手電筒照射下，她的兩條腿被一塊兩米高的花崗石壓住，一雙Nike運動鞋的紅色氣墊厚底在石下壓得只有五厘米寬，而她的腳就在運動鞋之內。

「救我……」她氣若游絲，頭部有個又深又闊的傷口，鮮血涔涔流出，淌下面頰。

我攀過去，嘗試去推那大石，但稍一發力，我的背和腿痛如刀割，大石紋絲不動，它實在太重太巨了，我縱然無傷無痛，也難以把它推開，何況此刻我自顧不暇，我的左腳褲管破爛不堪，鮮血淋漓，估計小腿受傷非輕，左側臉頰又痛又濡，視線開始模糊，不知傷了什麼地方，也在滲血。

「救…… 我……」

救她，我無能為力了，可以選擇的不多，坐在旁邊陪伴她一同等待救援，或者走進另一端沒倒塌的地道尋覓出路。但當我察覺愈來愈多細沙、石屑從密室頂部掉落，石頭互相磨擦的可怕聲音愈來愈響亮，我明白已沒選擇的餘地，密室的岩層結構因爆炸變得鬆散不穩，隨時再度塌陷。再看村口舞次子，她大量失血，漸漸陷入休克，已沒存活的指望。

「沙沙……」大量砂石沿牆身滑下。

我要把握最後機會，若不動身，恐怕跟他們同一下場。

我不敢猶豫，扶着身旁的大石，半爬半跌的離開密室。石塊夾着沙泥自高處鬆脫剝落，我加快腳步，不顧損傷，不理疼痛，不管能動不能動，手足並用，趕緊逃進另一端的地道裏。才爬進地道，背後猛烈震動，回頭，整個密室不見了，裏面的一切全埋在岩塊厚土底下。

吁！好險！

後退無路，惟有向前。不過，向前也不一定是活路，如果東野雅俊推測正確，地道連接海洞，正如根叔所說，那海洞早已塌陷，那麼，地道盡頭將是條「倔頭路」。

然而，留下來等候救援嗎？地道狹窄，不夠空間搬運和使用重型器材發掘，數以噸計的泥石封擋，救援人員掘到這裏，我不是已渴死、餓死、缺氧而死，就是流血過多而死，所以，向前走尋找出路，尚有一線生機。

我抓緊牆上的凸出岩塊，奮力站起身，頭部、背部和左腿都有不同程度的火辣感覺，左腿的傷勢最為嚴重，完全沒法站穩，我只好靠着牆壁，把重心集中右腿，單足向前移動，每移一步，背脊就像被人割了一刀，疼痛難當。

「呀——」我高聲狂叫，當作發洩，或可分散注意力，或可減消痛楚。

我非常非常非常後悔，我不應在這裏！更不應死在這裏！

這個時間，我該坐在半島酒店的餐廳裏，與R一起享受燭光晚餐。

村口舞次子要尋寶發財，東野雅俊要捨命報國，詠芝也好，栢芝也好，她要跳海，或要跟隨壞人探險，都與我無關。我跑到這裏幹什麼？現在身受重傷，被困地道，隨時沒命啊！

我失約，我對不起R。

我若死了，R一定傷心欲絕，甚至失去生存下去的動力。她太愛我了。我愛她，不及她愛我的多。我真幸福，她真命苦。我若有命出去，我要補償，給她幸福，不要她再受苦，可是，我還有機會重見天日嗎？

舉步一下比一下艱難，一步比一步虛弱。頭愈來愈重，重得像快要沒法承受；身軀愈來愈輕，輕得像快要失去平衡。天開始旋，地開始轉，我一腳踏空，失足向下滾，不斷的向下滾，向下滾。最後「啪通」一聲，栽進水裏。清冷的水，腥鹹的水，把我的大小傷口凍得麻木，痛楚消減，心神較前鎮定。我呆在水中躺臥，好一陣，發覺手電筒不在手中，但仍有光，那光並非發自手電筒，那是星光。我滾下一道斜坡，躺在石灘水邊，置身一個大洞之內，洞口給亂石堵封，星光自洞頂的石隙之間透進來，有些石隙看來也頗寬闊。這兒就是村口正男照片裏的大海洞，地道果然與海洞相連。

我有救了？也不見得。

洞頂太高，洞壁太陡，我受傷太重，又沒繩索，不可能徒手攀上去。

亂石底下，會不會存着容我穿過的空隙，讓我泅水潛出東涌灣？

我於是在水裏爬行，摸索。

空隙摸不到，卻找到一些爛鐵板，鐵板依稀圍成一個長方形，頭尖尾尖。這是一艘破船。啊！是日軍的震洋攻擊艇。艇上藏有炸藥，可以炸開出路，但，整艘艇浸在水裏這麼久，有炸藥，也失效。讓我想想，震洋攻擊艇上，除了炸藥，還有機槍，船頭位置，什麼也沒有。那台機槍呢？不在水裏，或在岸上，可是幾十年了，機槍不長鏽才怪，又是沒用。沒用也得找找，總勝無計可施，勝過坐以待斃。想到這點，我又懷着一絲希望，一拐一拐的返回石灘。頭和腿的傷口已經止血，痛楚略減，身體仍舊虛弱。

石灘加上斜坡，範圍說大不大，說小不小，還沒找到，我已死了，即使找到，那多半是一柄爛機槍，得物無所用，最終難逃一死！

誰人不死？

我死了，會不會跟真生相見？倘若可以，也不算壞事……

咦！較高處的碎石堆下，凸出一個金屬尖角。我爬過去，跪在旁邊，用還能動的右手，把碎石一塊、一塊的搬開。再次掀動傷口，血又滲出來，感到一陣暈眩。停下來，定一定神，肯定自己依然清醒，再搬。

那是一口鐵箱。

鐵箱表面有些凹陷和鐵鏽，整體完好無缺，箱蓋邊緣的密封物料相當完整。我撿起一塊石頭，敲毀箱鎖，揭開箱蓋，箱內藏了一台九二式 7.7毫米口徑重機槍，還有子彈。

能用嗎？一試便知。

我把機槍從鐵箱抬出，拉直倒V型腳架，放在石灘上，把三十發子彈匣插進彈槽內，上膛，對準堵封海洞的亂石，扣扳機。

「砰——」

一發子彈帶着紅光劃破黑暗，「啪」的射中亂石。

子彈發射時的強力反震，把機槍震翻，冒煙的槍管掃中我的右腳脛，我一跤跌坐地上，又引致全身劇痛。

該死！找到機槍，機槍也可發射，但有何用？這些只是子彈，不是炮彈，不可能轟散亂石，打開出路。

沒希望了！

呀！我仰天長歎！

天，我看見天空、星光、月色，透過洞頂的石隙。

對了！子彈也透得過。

我連忙爬起來，出盡九牛二虎之力，把鐵箱豎直地上，打開箱蓋四十五度，保持鐵箱平衡，再扛起機槍，擱在鐵箱之上，用腳架勾住箱蓋，槍口對正洞頂。

帶着紅光的子彈可以穿出洞頂，射進天空。

這時候，救援人員大概已在東涌灣、東涌炮台一帶，他們看見子彈的紅光，便知道我在這裏。

我在這裏！來吧！

我扣扳機，不停的開火，不顧一切的亂槍掃射。

「砰……」

子彈穿過石隙，也擊中洞頂，碎石、砂屑如雨般紛紛掉下，「啪啪嘭嘭」的砸落石灘周圍，也砸在我身上……

4

「找到了……傷者在這裏……快過來……報告，找到阿Wing……他的傷勢嚴重，要立即送院搶救……氧氣……鹽水滴注……為他護頸……夾板固定左腿……上面預備好吊牀沒有……快……繫緊吊索，固定位置，最後檢查滑輪，上升過程不容出錯……」

你們是什麼人？太吵耳了，我很累，我要睡一睡。

你們別吵啊！

「沒脈搏……defribrillation……clear……」

誰人打我？那麼大力！

「脈搏恢復，可以上升，小心，他的身體狀況極不穩定。」

我的身體輕飄飄，靈魂也輕飄飄，很寫意，很舒坦，很自在……

「他又沒脈搏……defribrillation……clear……」

不要打我，也不要吵。

「加大電壓……clear……」

「阿Wing，千萬別睡，快醒過來，快睜開眼。」是阿添的聲音。聲音清晰卻遙遠，阿添在哪裏喚我？

算了，老友，我太累了，你先讓我睡一覺吧，睡醒再跟你聊天。

「阿Wing，你不能死，為了愛你的人，你不能放棄。」是R的聲音，她也來了。

死？好端端的，我怎會死？傻瓜。

「阿Wing，你給我聽着。」R的聲音變得很微細，像吹過葉底的微風，像風中的絮語，「真生尚在人間，阿Wing你要留住性命，尋找真生。」聲音雖小，但一字一句我聽得清楚明白，像電殛一般，直達心底深處。

真生？尚在人間？什麼一回事？

「脈搏恢復……」

5

當我再張開雙眼時，發覺自己睡在舒適的病牀之上，身上穿着乾淨的病人服，右臂彎插着藥物滴注，病牀兩側放着多台監測儀器。左腳打了石膏，左臂、頭部、肩膀的傷口隱隱作痛。

身在醫院裏，顯然我已獲救，且已得到恰當的治療。

恢復知覺後，第一個進入我視線的人，是我的古怪上司M。M站在牀尾，正吃着新奇士橙。當他察覺我甦醒了，趕緊吞下口中的一片橙，笑道：「歡迎回歸，阿Wing。嘻嘻，他們送來的鮮花、水果，你不介意我分享吧？」

我留意到他的西裝衣襟上插着一朵紅玫瑰，沒猜錯，是從慰問病人的花籃裏折下來的。

「不介意。我想，坐直一下……」

「慢慢來，你別動，讓我來搞。」他按動遙控，把病牀的上半部升高大約四十五度，再拿枕頭給我靠背，又遞眼鏡給我戴上。

我看看周圍，只得他一人。

「他們都回家了。你昏迷了三日，大家在外面守候了兩日，昨天你的情況穩定下來，我下令趕他們回家休息，免得人人生病，沒人工作。」他抽張紙巾抹抹嘴巴，「R，在上一層的病房，接受治療。」

「R……」

「聽醫生說，R的抑鬱症似乎復發。」M拍拍後腦勺，「如果她害病，那就慘了，她的工作又會堆到我的辦公桌上！阿Wing，你最明白我，好逸惡勞是我的美德……」

「R發生什麼事？」

「你忘記了？對，那時候，按照醫學理論，你已經死了，一個死人，沒所謂忘記不忘記……」

「M！咳咳……」我焦急得掩着胸口咳嗽。

「Okay，不要激動，我說回正題。那晚，當他們把你從地道吊上來時，你受傷太重，心跳停止，醫護人員為你搶救，大家為你打氣，喚你振作，都不見效。眼巴巴看着你死去，R突然大聲說，真生尚在人間，阿Wing你要留住性命，尋找真生。你的心跳立即恢復過來，而且跳得強勁有力。」

R？真生？有點印象，那不是夢境嗎？

M撕下一片橙，遞給我，我搖頭不吃，他把橙塞進自己口中，邊嚼邊說：「當時，大家很奇怪，真生已逝世多年，R為何說真生尚在人間？都想問個明白，但之後，R神情落寞，對我們的問題，十問九不應，即使應，也是答非所問。後來，阿漆想到，R這樣說，是權宜之計，為要喚起你的鬥志，於是說個白色謊言，結果她成功了。不過，就我的了解，R不管什麼狀況，都不會說假話。」

我記起來了，重重歎一口氣，道：「M，勞煩你請嘉薰醫生過來一趟，可以嗎？」

「噢，我真大意，只顧跟你聊天。你甦醒過來，應該讓醫生檢查一下，我馬上去。」M把另一個新奇士橙塞進衣袋裏，便跑出病房。

我也了解R，不管什麼狀況，她不會說假話。

6

經過長長的走廊，我像患了失語症一般，坐在輪椅上，完全沒法以言語表達我的感覺和心情。嘉薰醫生在後面默然為我推着輪椅，一些人迎面而來，跟我們擦身而過。他們有些我認識，有些嘉薰醫生認識，有些我們都不認識，一概，我們都視作陌路人，沒打招呼，沒目光接觸。我和嘉薰醫生無言地一起走過一段繁忙的長廊，各懷沉重的心事，最後停在R的病房門外。

嘉薰醫生替我敲門，開門，把我推進去，然後退出病房，關上門。

R坐在窗前，回頭看見我，呆了呆，好像確定眼前的是事實後，才站起身，以急而快的步伐，來到我身前，單膝跪在輪椅旁邊，用泛着淚光的雙眼，仔細端詳我，從頭髮到眼、耳、口、鼻、面頰、胸膛、雙手，最後是打了石膏的左腳，像再確定一下我的存在，然後擁着我，把頭埋在我胸前，如缺堤一般大哭。

我垂頭吻她的前額，道：「我死不去，你是我的現在，也是我的將來。前面，我們還有漫長的人生路，共同進退。而她，她已選擇過新的生活，我們就尊重她的選擇，彼此互不打擾。」

「我欺騙你，隱瞞你，我自私、卑鄙，我不能原諒自己。」R抬頭看我。

「這些都是過去的一部分，過去的，就讓它永遠過去吧！」我低頭吻她。

這一吻好長。

吻R的時候，我在想真生。

嘉薰醫生是個老實人，不懂說謊，我一問，他如實告知當日如何瞞着我安排真生假死，後來如何為真生治療。如今，他惟一知道的，真生現在叫吳芷晴，人在哪裏？他茫無頭緒，也沒本事去尋她。

嘉薰醫生的專業是醫生，他當然沒本事尋人。

但我不同，尋人是我的其中一項專長。

榮獲

第十二屆香港中文文學雙年獎

兒童少年文學組雙年獎

《Q版特工 29　暗域狙擊》

作者：梁科慶

出版日期：2012年7月

分類：流行讀物．科幻及推理

ISBN：978-988-8073-62-7

頁數：200

內容簡介：

海陸空緝兇，特工組全方位追蹤！

阿漆棄明投暗，頓成寶島階下囚；

越柙成功，偷渡出境，走私船上真病假意，苦肉計成！

澳門氹仔力敵黑幫老大，槍彈無眼，蘭姨遭殃；

湄公河逆流而上，靠近罪惡金三角，見證殖民禍害。

鴉片買賣、老鼠湯飯、邪術盛行，小村令人生厭。

大毒梟終於露面，摯愛身陷險境，露絲在關鍵時刻竟犯傻……

瘸腿能行走，壯士卻乏力，南亞巫術真邪門！

臥底身分曝光，狠辣殺手變窩囊，引發海上災難，奏響了一代漁民悲歌。

榮獲

香港教育城 2013 年度

「十本好讀」

《Q版特工 30　潛行瘋疫》

作者：梁科慶

出版日期：2013年 1月

分類：流行讀物 · 科幻及推理

ISBN：978-988-8073-78-8

頁數：192

內容簡介：

來澳洲只為Hea？

神祕信封，開展霸國竊毒內幕！

錯冤吃霸王餐，僅八元五角險被殺。博士離奇死亡，惡鬥袋鼠，迎戰瘋子，阿Wing力保村民母女；難道全村中邪，魂魄盡失？

後園大開「營火會」，侍應竟是特工，瞬間將變「午餐肉」！

紅磚屋陷火海，母女命懸一線；胖子偷運人口，襁褓險命喪池塘！

阿Wing救人於水火之間！

病毒A控制人心，「世界警察」假冒為善，毒迷心竅，正義阿Wing追至天涯海角，豈容竊毒罪成！

作者電郵，歡迎聯絡：
forhing@gmail.com